피아니스트 한옥수 에세이

건반 위에 핀 **호야꽃**

2016년 8월 29일 제1판 제1쇄 인쇄
2016년 9월 5일 제1판 제1쇄 발행

지은이   한옥수
펴낸이   강봉구

편집 김윤철   디자인 비단길   자료정리 안덕훈   인쇄제본 (주)아이엠피

펴낸곳 책만소   등록번호 제406-2013-0000801호
주소   10880 경기도 파주시 신촌로 21-30(신촌동)   전화 070-4067-8560
팩스 0505-499-8560   홈페이지 http://www.작은숲.net
페이스북 http://www.facebook.com/littlef2010   이메일 littlef2010@daum.net

© 한옥수
ISBN 979-11-6035-001-2   03810
값은 뒤표지에 있습니다.

피 아 니 스 트 한 옥 수 에 세 이

건반 위에 핀 호야꽃

출판기획 책만드는소

프롤로그

어떤 일에 삶 전체를 건다는 것은 고독한 일이다.

하지만

그것이 음악이었기에 내 삶의 여정은

행복으로 충만할 수 있었다.

비록 고독하였으나

음악을 채워 준 자연과 음악을 키워 준 스승님들께

진심 어린 감사의 마음을 담아

이 책을 바친다.

차례

제6부 가원의 꿈, 한국 음악의 세계화

제7부 음악인에게 전하는 당부

1^부

한국 음악계에 던지는 고언

경제는 선진국, 클래식 음악은 개발도상국

한국은 클래식 음악의 변방이었다. 좀 더 냉정하게 표현한다면 지금도 한국 음악은 후진적이다. 그리고 한국을 대표한다고 평가받는 일부 음악인들은 아직도 식민지 근성과 사대주의에서 벗어나지 못하고 있다. 이 말을 거부하며 화를 내는 음악인이 있다면, 바로 그가 사대주의에 예속되어 여전히 남을 모방하는 비굴한 음악가라고 지목받을 것이다.

사람들은 공식적인 석상에서 나를 소개할 때마다 내 이름 앞에 '한국인 최초'라는 수식어를 붙이곤 한다. 한국인 피아니스트로서는 최초로 카네기 홀 무대에서 데뷔 공연을 하였고, 차이콥스키 콩쿠르 심사 초청을 받기도 했다. 국제 콩쿠르의 불모지였던 한국에서 최초로 국제적인 피아노 콩쿠르를 기획하고 설립하였으니 '한국인 최초'라는 말이 굳이 틀린 말은 아니다. 나 역시 한때는 이름 앞에 붙는 최초라는 말에 어깨를 으쓱이기도 했다. 하지만 이미 오래전 그러한 수식어들을 미련 없이 던져버렸다. 만일 그렇지 않았다면 나 역시 왕년의 스펙을 들먹거리며 원로 행세나 하는 늙은이 아니면 치열한 예술가 정신도 없이 권위만 내세우는 일명 '꼰데'가 되었을 것이다.

내 나이 이제 여든을 코앞에 두고 있다. 일제 강점기 말에 태어나 해방과 전쟁을 겪었고, 동양인이라고는 찾아 보기 힘든 먼 나라에서 오직 피아노를 유일한 친구로 삼아 나만의 음악 세계를 구축하였으며 내로라하는 세계 무대에서 연주자로 인정받았다. 고국에 돌아와서도 오직 피아노를 연주하고 가르치는 일에 몰두하면서 한국 음악의 국제화를 위해 평생을 바쳤다.

사람들은 나에게 말한다.

"선생님 이제는 편안하게 여생을 보내셔야죠."

하지만 나의 대답은 언제나 똑같다.

"그래, 하지만 나에겐 아직 해야 할 일이 있다. 죽는 날까지 나는 한국 음악의 세계화라는 정도를 추구할 것이다."

어느 때부턴가 세계적인 콩쿠르가 열리고 나면 언론을 통해 낭보가 전해지고 있다. 대한민국의 젊은 음악가들이 자신의 기량을 발휘하여 입상했다는 소식이다. 1등부터 3등까지 모두 한국인이 석권하는 경우도 있을 정도이다. 피아노뿐 아니라 바이올린, 첼로, 성악 등등. 이제 한국 연주자들의 기량은 세계 어디에 내놓아도 자랑스러울 만큼 가히 한국 클래식 음악의 르네상스라고 표현

해도 손색이 없을 정도이다.

그런데 한국의 음악이 개발도상국 수준을 벗어나지 못하고 있다니 고개를 갸웃거릴 만도 하다. 그렇다면 무엇이 문제인가. 무엇이 한국 음악의 선진화를 가로막고 있는가?

나는 그러한 질문에 이렇게 되묻고 싶다.

세계 무대를 휩쓸고 있는 우리 젊은 음악인들이 진정 한국 음악계에서 예술혼을 불태울 수 있다고 생각하는가?

자라나는 음악 영재들이 한국 무대에서 인정받고 그것을 기반으로 당당하게 세계 음악인으로 성장할 수 있는가?

한국 클래식 음악계가 과연 주체적이고 독립적이며 스스로의 고유한 음악을 통해 정체성을 드러내고 있다고 말할 수 있는가?

나의 질문에 자신 있게 "그렇다"라고 대답할 수 있는 음악인은 과연 얼마나 될까? 탁월한 재능과 자질을 갖춘 젊은 음악인들이 속속 출현하고 있는데 이들을 발굴하고 지원하는 시스템은 여전히 후진국 수준을 면하지 못하고 있다. 그 때문에 재능 있는 음악인들이 한국에서 자신의 꿈을 마음껏 펼치지 못하고 해외로 떠날 수밖에 없다. 어렵게 해외에서 인정받은 음악인들 또한 한국의 음악 발전을 위해 활동하기보다 자신의 실력을 인정해주고 찬사를 보내는 해외 현지에서 활동하기를 원하게 된다. 물론 한국의 음악가가 음악의 선진국이라고 할 수 있는 곳에서 인정받으며 활동하는 것은 자랑스럽고 권장할 만한 일이다. 하지만 아무리 해외에서 명성을 얻는다 해도 정작 자신의 고국에서 실력에 걸맞은 평가를 받지 못하고 당당하게 설 자리를 보장받지 못한다면 예술가로서 매우 불행한 일이며 국가적으로도 큰 손실이 아닐 수 없다.

최근 국제 무대에서 극찬을 받는 젊은 연주자들을 보면 한편으로는 자랑스럽고 대견하면서도 다른 한편으로는 안타까움을 느낀다. 아직 앳된 얼굴의 음악 영재들을 볼 때마다 약 60여 년 전 젊은 시절의 내 모습이 오버랩 된다. 음악에 대한 열정과 사랑 하나로 젊음을 고스란히 바쳤던 나처럼 그들도 지금 내가 걸어왔던 길로 가고 있다고 생각하니 뭉클한 감정과 함께 미안함 그리고 안타까움이 솟는 것이다. 언론들은 이들 젊은 영재들이 성취한 결과에만 열광한다. 이들을 발굴하고 지원해야 할 국가 기관이나 예술 단체 역시 국제 무대에서 좋은 성적을 올린 이들을 영웅으로 치켜세우며 생색을 내려고만 할 뿐 실질적인 지원이나 재능 있는 음악인을 길러내기 위한 투자에는 큰 관심을 가지지 않는다.

현실이 이러하다 보니 재능과 소질이 있으면서도 부모의 경제력이 따라주지 못하거나 남다른 인연이 없는 젊은이들은 음악을 향한 열정을 접어야 하는 경우가 많다. 이러한 현상은 개인적인 면에서든 국가적인 차원에서든 엄청난 손실이 아닐 수 없다. 지금 이 시간에도 어딘가에는 자신의 재능을 펼치지 못하고 현실을 탓하며 좌절하고 있는 우리 젊은이가 있다. 그런 생각을 할 때마다 나는 앞서서 같은 길을 걸었던 선배 음악인으로서 부끄러움과 무한한 책임을 느낀다.

음악은 장식품이 아니다

최근 우리 사회에 금수저, 흙수저 논란이 일고 있다. 자신의 재능과 노력에 따라 평가받지 못하고 부모의 재력이나 배경에 의해 삶의 질이 결정되고 있는 현실을 볼 때 선배 음악인으로서 마음이 아파온다.

나는 운 좋게도 금수저를 물고 태어난 사람이다. 사업가이셨던 아버지 덕분에 경제적으로 어려움을 겪어보지 않고 음악에만 몰두할 수 있었다. 금수저로 태어난 덕에 좋은 선생님을 사사할 수 있었고, 명문 학교를 졸업할 수 있었으며, 대부분 사람들이 전쟁의 폐허 속에서 끼니를 걱정해야 할 때 미국으로 건너가 비교적 풍요로운 환경에서 오직 피아노에만 열중할 수 있었다. 내가 피아니스트로서 갈채를 받으며 세계적인 무대를 누빌 수 있었던 것은 재능과 노력의 결과이기도 하지만 부모님의 전폭적인 지원이 없었다면 불가능했으리라는 점을 인정한다. 만일 음악적 재능을 가졌더라도 경제적 여건이 따라주지 못했더라면 어떠한 삶을 살아왔을지 눈에 선하게 그려진다.

광복과 전쟁을 겪으며 세계 최빈국에 머물렀던 당시에 국가와 사회의 지원을 기대할 수 없었던 것은 어쩔 수 없는 일이었을 것이다. 하지만 지금의 대한민국은 명실상부하게 세계 10위권에 드는 경제 대국으로 성장했다. 정치, 경제, 문화 모든 면에서 나의 젊은 시절과는 비교할 수 없을 만큼 엄청난 성장을 했다.

그런데 한국 클래식 음악의 시스템은 과연 어떠한가? 세계 10위는커녕 1950~60년대 젊은 음악도로서 내가 목격했던 현실이 여전히 남아 있지 않은가? 세계에 내놓을 만한 국제 수준의 콩쿠르나 음악 영재를 발굴하고 육성하는 교육 시스템이 정상적으로 작동하고 있는가? 한국 음악계의 지도자를 자처하는 사람들도 이러한 현실을 모르지 않을 터인데 그들은 무엇을 하고 있는가? 물론 음악인들에게만 책임을 돌리는 것은 너무 가혹한 일이며 문제 해결을 위한 합리적인 방법이 아니라는 것을 인정한다. 경제적으로는 선진국 대열에 들어섰다고 하지만 문화 예술 시스템 전체가 후진성을 면하지 못하고 있는 우리나라 현실에서 음악인들만의 노력으로 시스템 전반을 선진화하는 것은 불가능하기 때문이다. 어느 사회이든 정치인이나 행정 관료들은 눈에 보이는 성과를 중시하기 마련이다. 특히 한국 사회에서 문화 예술에 대한 정책은 보여주기와 생색내기 수준을 벗어나지 못하고 있다. 모든 것을 효율성의 잣대로 바라보는 한 이러한 문제는 해결될 수 없다. 예나 지금이나 대부분의 정치인과 고위 관료들은 음악을 일종의 장식품으로 생각하는 경향이 있다. 젊은 음악인을 발굴 육성하기 위해 노력하기보다는 국제적인 콩쿠르 입상자를 초대하여 악수를 나누며 기자들 앞에서 사진을 찍는 데에 더 열을 올린다.

문득 오래전 일이 떠오른다, 그러니까 1967년 내 나이 서른 살 때였다. 당시 동아일보 초청 연주회로 일시 귀국하였는데, 국가에서 국위 선양의 공로를 인정하여 나에게 문화 훈장을 수여하였다. 평소 상에는 큰 관심이 없었으나 고국에서 주는 상이므로 외무부 장관실에 방문하여 상을 받았다. 그런데 며칠 후 청와대에서 연락이 왔다. 대통령과의 오찬 자리에 참석해야 한다는 것이었다. 나는 복통과 설사를 핑계로 오찬 초대를 거절하였다. 실제로 소화가 되지 않아 복통이 있기도 했지만 가고 싶은 마음이 있었다면 약을 먹고라도 참석하였을 것이다. 하지만 대통령의 초대라고 해서 굳이 불편함을 무릅쓰고 가고 싶지 않은 자리에 억지로 참석하고 싶지 않았던 것이다. 전화를 끊고 어디에서 온 전화인지 궁금해하시는 부모님께 자초지종을 말씀드렸다. 그러자 깜짝 놀라시며 당장이라도 다시 전화를 해서 참석하겠다고 말해야 하는 것 아니냐고 하셨다. 당시 대통령의 초대를 거절한다는 것은 상상도 할 수 없는 일이었을 것이다. 하지만 부모님의 걱정도

나의 고집을 꺾을 수 없었다.

돌이켜보면 내가 너무 예민했던 것은 아닌가 하는 생각도 든다. 하지만 예술을 하는 사람으로서 그 정도의 자존심도 없었다면 내 삶의 궤적은 지금과는 많이 달라졌을 것이다. 일부 음악인 중에는 정치권 인사들과 친분 관계를 맺고 그것을 이용하여 자신의 영향력을 행사하는 사람들이 있다. 예술 관련 단체의 장이 되기 위해서 권력자들의 비위를 맞추는 사람들을 보면 고개를 돌리게 된다. 많은 세월이 지났지만 지금도 나는 적당히 타협하는 것을 용납하지 못한다. 내가 지금까지 여러 단체의 후원도 마다하고 고집스럽게 가원상을 이끌어올 수 있었던 것도 젊은 시절에 형성된 소신과 가치관 덕분이라고 생각한다. 나는 우리 클래식 음악을 위하여 독립운동을 하는 심정으로 남은 삶을 당당히 걸어갈 것이다.

클래식 음악이 소수 엘리트층의 전유물로 머무르거나 권력과 부를 가진 사람들의 장식품으로 전락하는 데에는 음악인들의 책임도 크다. 음악인 스스로 장식품이 되기를 단호히 거부해야 한다. 정부나 기업에서 주는 달콤한 과실에 탐을 내는 순간 음악은 더 이상 순수한 예술적 가치를 상실하게 되는 것이다. 특히 음악인이 자리에 연연하거나 음악 외적인 데 관심을 둔다면 그는 더 이상 음악인이 아니다.

베토벤은 자신의 작품을 자신의 생명처럼 여겼던 음악가였다.

귀족들의 의뢰를 받은 작품을 쓸 때도 권력에 고개를 숙이는 법이 없었다고 한다. 자신의 생각과 영감에 의해 창작하겠다는 조건으로 작품 의뢰를 받아들였다. 당시 주변 사람들에게 베토벤은 괴팍한 성격으로 외골수에 고집쟁이로 알려진 인물이었다. 하지만 그에게 다른 사람의 평판이나 권력가들의 취향은 고려의 대상이 될 수 없었다. 어떠한 경우에도 예술가로서 주체성과 자존심을 잃지 않았다. 나폴레옹이 황제로 등극하자 그에게 헌정하기 위해 작곡했던 '영웅교향곡'의 악보를 미련 없이 찢어버렸다는 일화에서 알 수 있듯이 그의 예술혼의 밑바탕에는 유별난 자존심이 있었다고 해도 과언이 아닐 것이다. 베토벤과 같은 대음악가는 아닐지라도 스스로를 음악가라고 여긴다면 우리 모두 자신만의 자존심을 잃지 말아야 할 것이다.

그러나 한국 음악계에는 차마 눈뜨고 볼 수 없는 일들이 여전히 벌어지고 있다. 나름 중견 음악인으로 평가받고 있는 사람들 중에 결코 적지 않은 수의 사람들이 예술적 가치보다 돈과 권력 그리고 쾌락을 좇고 있지 않은가. 대학 교수 자리를 철밥통쯤으로 여기며 온갖 로비를 통해 자리를 보전하려는 사람들이 여전히 활개치고 있는 것이 엄연한 사실이다. 그뿐만이 아니다. 국내 콩쿠르가 열리면 자기 제자를 입상자 명단에 넣기 위해 학맥과 인맥을 동원하는가 하면, 심지어는 대학 입시에서도 암암리에 로비가 작동하고 있다는 말이 이미 여러 차례 공론화되기도 했다. 이는 정치인과 관료들을 탓하기 전에 음악인 스스로 뼈를 깎는 반성이 필요하다는 것을 의미한다. 썩은 살을 도려내기 위해서는 엄청난 고통을 감내해야 하는 것처럼 음악인들 스스로 자기 살을 베어낼 각오 없이는 켜켜이 쌓인 악습을 걷어낼 수 없다.

많은 음악인들이 관행이라는 이유로, 또는 좋은 평판을 유지하기 위해 적당히 타협하는 동안 대한민국의 클래식 음악에 덧씌워진 후진성의 굴레는 점점 더 견고해져 왔다. 예술적 가치와 원칙을 고수하는 사람은 오히려 인간성에 문제가 있는 사람으로 매도되고, 적당히 타협하면서 힘 있는 사람의 비위를 맞추는 사람이 승승장구하는 모습이 아직도 사라지지 않고 있는 것이 엄연한 현실이다.

뛰어난 재능을 가진 젊은이가 세계적인 콩쿠르를 휩쓴다고 해도 이러한 현실이 근본적으로 바뀌지 않는다면 한국의 클래식 음악은 제자리걸음을 면하지 못할 것이다.

진정한 의미의 음악 선진화

음악에는 국경도 국적도 없다. 좋은 음악은 오직 예술성 자체로 평가되는 것이지 지휘자나 연주자가 어느 국가 출신인가에 따라 가치가 달라져야 할 필요는 어디에도 없다. 그러한 이유로 혹자는 '한국 음악의 선진화'를 주장하는 나에게 비난의 시선을 보낼지도 모른다. 하지만 내가 말하고자 하는 '선진화'의 의미는 맹목적인 애국주의를 뜻하는 것이 아니다. 한국인 음악가라고 해서 옹호하고 과도하게 추켜세우는 것은 천박한 패거리 짓일 뿐, 내가 말하는 '한국 클래식의 선진화'와는 거리가 멀다. 예술의 선진화는 어떠한 외부적인 힘이나 권위에도 흔들리지 않고 오직 예술 그 자체만으로 평가되고 존중되어야 가능해진다. 내가 추구하는 음악적 가치가 바로 그것이다.

음악이 자존심과 독자성에 금이 가면 끔찍한 결과를 초래하게 된다. 세계적으로 최고의 권위를 자랑하는 '러시아 차이콥스키 콩쿠르'의 사례에서 그 교훈을 얻을 수 있다. 1958년 러시아 모스크바에서 창설된 차이콥스키 콩쿠르는 벨기에 퀸엘리자베스 콩쿠르, 폴란드 쇼팽 콩쿠르와 함께 '세계 3대 콩쿠르'로 불린다. 차이콥스키 콩쿠르는 우리나라와도 인연이 깊어 1974년 정명훈, 1994년 백혜선, 2011년에는 박종민과 서선영 두 사람이 남녀 성악 부문 1위, 손열음과 조성진이 각각 피아노 부문 2·3위, 이지혜가 바이올린 부문 3위를 수상하는 기록을 세우기도 했다.

나도 차이콥스키 콩쿠르와 각별한 인연이 있다. 1990년 제9회 대회에 한국인 최초로 심사 초청되어 참여했기 때문이다. 특히 한국인 청년 바리톤 최현수 군이 성악 부문 1위를 기록하는 성과를 올려 개인적으로 보나 한국 음악사적 의미로 보나 매우 뜻깊은 대회로 남게 되었다. 당시 최현수 군의 우승은 한국인으로서는 최초의 성과였기에 음악계는 물론 나라 전체가 떠들썩할 정도로 찬사를 받았다. 최현수 군이 성악 부문 최종 우승자로 발표될 때 같은 한국인으로서 나의 가슴은 환희와 희열로 벅차올랐다.

차이콥스키 콩쿠르의 우승이 개인의 영광을 넘어 한국 음악사에 큰 획을 그은 일로 기록될 만큼 의미를 가질 수 있었던 것은 공정한 심사가 있었기 때문이다. 오로지 대회 출전자의 실력만으로 수상자를 결정할 뿐 국적, 인종, 종교 또는 심사위원과의 개인적인 친분 등 음악 외적인 요소는 철저히 배제된 상태에서 심사가 이루어졌던 것이다. 만일 그렇지 않다면 차이콥스키 콩쿠르는 세계적인 명성을 얻지 못했을 것이다. 나 역시 한국인이므로 기왕이면 한국인 젊은 음악가를 응원하는 것은 당연한 일이었다. 하지만 그것은 순수한 마음의 응원이었을 뿐 그 이상도 이하도 아니었다.

세계 최고의 차이콥스키 콩쿠르도 한때 위기를 겪어야 했다. 소련 연방 해체 이후 정부의 재정 지원이 줄어들고 러시아의 경기 침체로 민간으로부터의 지원도 기대할 수 없는 지경이 되면서 존폐의 위기에 당면한 것이다. 2002년 급기야 대회를 개최할 수 없는 상황에 이르자 주최 측은 어쩔 수 없이 외부 스폰서에 의존할 수밖에 없게 되었다. 마침 차이콥스키 콩쿠르 피아노 부문에서 우승자를 한 번도 배출하지 못했던 일본이 그 기회를 놓치지 않았다. 일본은 야마하 피아노 회사를 콩쿠르의 메인 스폰서로 내세웠다. 만일 콩쿠르의 독립성을 해치지 않고 순수한 지원을 목적으로 했다면 일본의 행동은 세계 음악인들의 박수를 받았을 것이다. 하지만 일본 측은 대회의 비용을 지원하는 조건으로 심사위원의 일정 비율을 일본인으로 채울 것을 요구하였다. 주최 측은 울며 겨자 먹기로 그 조건을 수용할 수밖에 없었다. 그 덕분인지 피아노 부문의 우승은 일본 출신 피아니스트 아야코 우에하라에게 돌아갔다. 그것이 단순한 우연의 일치인지 아니면 모종의 전략이 숨어 있었던 것인지는 당시 심사에 참여했던 심사위원만이 알고 있을 것이다. 만일 그러한 상황이 지금까지 계속되었

차이콥스키 콩쿠르에 한국 최초 심사 초청 되었을 때의 사진들. 맨 위는 이고르 오이스트라크와 함께한 사진이고, 중간은 패니 워터만(한옥수 교수 오른쪽), 콘스탄틴 오벨리안과 함께한 사진이다. 그리고 아래는 왼쪽부터 지휘자 오벨리안, 성악 부문 1등 최현수 군, 나, 금난새이다.

다면 차이콥스키 콩쿠르의 권위는 땅에 떨어지고 말았을 것이다.

차이콥스키 콩쿠르의 사례는 음악이 권력이나 돈에 의존하여 끌려간다면 순식간에 독립성을 상실하는 것은 물론 정치적, 상업적 목적을 위한 수단으로 전락할 수 있음을 여실히 보여준다. 음악이 예술이 아니라 언제든 돈으로 살 수 있는 상품이 되어버린다면 선진화는커녕 후진성의 늪에서 영원히 벗어나지 못하는 결과가 되고 만다.

엄밀히 따지고 보면 이러한 문제는 차이콥스키 콩쿠르에서만 나타난 것은 아니다. 국제 콩쿠르처럼 많은 사람들의 관심이 집중되다보면 늘 정치권이나 거대 자본의 유혹에 노출되기 쉽다. 어느 국가에서나 정치 권력을 가진 사람들은 자신의 정치적 이미지를 좋게 관리하여 대중들의 지지를 얻고 싶어 한다. 정치인의 입장에서 보면 대규모 음악회나 콩쿠르는 자신의 이미지를 상승시키기 위한 매우 좋은 수단이 된다. 음악 행사를 지원하고 국제적으로 명성을 얻은 음악인을 초청하여 격려하는 모습을 언론에 내보냄으로써 음악이 가진 예술성과 순수성의 이미지를 자신의 정치적 이미지로 차용하는 일은 흔히 볼 수 있다. 그렇다고 정치인들이 예술을 지원하는 것 자체를 비판할 필요는 없다. 오히려 국가나 지방자치단체에서 적극적으로 문화 예술을 지원하는 것이 필요하다고 본다. 기업이나 거대 자본의 경우도 정치권과 크게 다르지 않다. 기업의 입장에서도 소비자들에게 좋은 기업이라는 이미지를 얻는 것은 매우 중요한 일이기 때문이다. 그러므로 기업에 의한 문화 예술 지원 또한 부정적으로 볼 일은 아니다. 다만 반드시 지켜야 할 조건이 있다. 정치권에 의한 지원이든 기업에 의한 지원이든 음악에 대한 간섭은 없어야 한다는 것이다. 즉, 지원은 충분히 하되 간섭은 하지 말아야 한다는 원칙은 무슨 일이 있어도 지켜져야 한다. 음악 행사를 지원해준 기관에 감사를 표해야 하는 것은 당연하겠지만 수상자 심사에 압력을 행사한다거나 음악회의 레퍼토리에 관여하는 등의 무리한 요구를 수용해서는 안 된다. 그것은 음악의 독자성을 지키기 위해 반드시 필요한 일이다. 음악의 독자성은 외부로부터 주어지는 것이 아니라 음악인 스스로가 자존심과 긍지를 가지고 지켜야만 한다. 음악인이 권력이나 돈의 요구에 끌려가는 순간 음악은 순수성을 상실할 수밖에 없고 음악회나 콩쿠르의 권위는 순식간에 무너지게 된다.

음악이 권력과 자본으로부터 독립성을 지키기란 결코 쉬운 일이 아니다. 하지만 진정한 음악인이라면 자신이 가진 모든 것을 걸고 지켜내야 한다. 그래야만 음악이 돈으로 사고파는 상품이 아니라 청중의 마음에 감동을 주는 예술로 남을 수 있기 때문이다. 국제적인 음악 행사를 개최하거나 콩쿠르를 열기 위해서는 돈이 필요하고 정부의 지원도 필요하다. 그런데 음악인은 권력을 가진 사람도 아니고 자본을 움직일 수 있는 사람도 아니므로 음악인만의 힘으로 모든 것을 준비하는 것은 매우 어려운 일이다. 그

럼에도 불구하고 음악인은 반드시 예술가로서의 자존심을 지켜
야 한다. 당장의 이익을 위해 자신의 음악적 자존심을 버린다면
진정한 음악인이라고 할 수 없기 때문이다.

음악 선진국의 조건

내가 사단법인 가원국제음악문화회를 설립한 것은 우리 한국에도 세계적으로 인정받는 국제 콩쿠르 하나쯤은 꼭 있어야 한다는 사명감 때문이었다. 차이콥스키 국제 콩쿠르를 비롯하여 세계적 명성을 가진 콩쿠르에 심사위원으로 초빙되어 활동하면서 스스로 음악에 대한 책임 의식이 커지는 경험을 하게 되었다. 1987년 사비에르 몬살바헤Xavier Montsalvatge 국제 피아노 경연 심사 당시부터 현재까지 늘 나를 따라다닌 질문이 있었다. 특히 1987년 이후 매 대회 때마다 심사위원을 맡았던 신시내티 국제 피아노 콩쿠르The World Piano Competition에 참석할 때마다 동료 심사위원들로부터 심심찮게 받게 되는 두 가지의 질문이 있다. 우선 한국 출신 신진 음악가들이 유독 뛰어난 기량을 보이는 비결이 무엇이냐는 것이다. 이 질문을 받으면 내 어깨가 저절로 으쓱 올라간다. 한국인 후배 음악인들이 다른 나라의 심사위원들로부터 칭찬을 받으니 당연히 내 기분도 좋아지는 것이다. 더욱이 그중에는 나에게 지도를 받았던 제자들도 적지 않으니 나 스스로 보람을 느끼게 된다.

그런데 또 하나의 질문을 받게 되면 나는 여지없이 부끄러움을 느끼게 된다. 그것은 바로 "한국같이 영재가 많고 음악 역량도 큰 나라에 아직 국제 콩쿠르가 없다는 게 이해할 수 없다"는 질문이다. 더구나 The World Piano Competition의 이사 및 자문위원으로 활동하면서 그에 대한 고민과 부끄러움은 더욱 커지게 되었다.

음악의 선진국이라고 불릴 만한 나라에서는 어김없이 국제적인 콩쿠르가 열린다. 국제 콩쿠르는 대회 자체에도 의미가 있지만 해당 국가의 음악 교육과 시민들의 음악적 수준을 향상시키는 데 있어서도 매우 중요한 역할을 한다. 음악은 학교 수업이나 개인 레슨을 통해서 배우는 것보다 세계적인 음악가의 연주를 직접 보고 들으며 감동을 얻을 때 가장 좋은 교육적 효과가 생기기 때문이다. 아무리 훌륭한 연주자를 많이 배출한 국가라 하더라도 좋은 음악을 듣고 접할 수 있는 기회가 적다면 그 나라의 음악적 미래는 그리 밝다고 할 수 없다.

올림픽에서 메달을 많이 획득했다고 선진국이 되는 것이 아니듯이 세계적인 음악 콩쿠르에서 많은 수상자를 배출했다고 무조건 음악 선진국이 되는 것은 아니다. 음악은 마치 신제품을 개발하여 생산하듯 자본과 기술을 투여한다고 해서 단기간에 성과를 낼 수 있는 상품이 아니기 때문이다. 음악은 인류가 창조한 가장 오래된 예술이라고 할 수 있다. 고대 문명에서부터 지금까지 수많은 사람들의 노력이 조금씩 더해지고 음악을 사랑하는 사람들의 찬사와 격려가 켜켜이 쌓여서 오늘날 우리들이 듣는 음악이 되었다. 지역과 문화는 다를지라도 음악의 선진국으로 불리는 나라들은 공통점을 가지고 있다. 그것은 전문적인 음악인뿐 아니라 모든 시민들이 문화와 예술을 사랑하고 아끼는 마음을 가지고 있다는 점이다. 예술을 사랑하고 아꼈던 민족은 하나같이 위대한 문명을 이룩하였고 인류의 역사에 커다란 족적을 남겼다. 고대 그리스가 그러했고 르네상스를 선도했던 이탈리아 역시 후손들에게 위대한 유산을 남겨주었다. 음악은 단지 작곡가와 연주자가 만들어내는 상품이 아니라 음악인과 청중은 물론 사회 전체가 음악의 예술적 가치를 존중하고 아끼는 마음을 가질 때 한 발짝 한 발짝 수준이 향상되는 것이다.

세계 10대 경제 대국이라는 찬사를 듣는 한국이 유독 예술 분야에서 후진성을 면치 못하고 있는 이유가 여기에 있다. 문화 예술을 육성하고 장려해야 할 사회 지도층들이 예술을 일종의 상품으로 생각하는 경향이 크기 때문인 것이다. 그것은 정부 관료들이나 기업인들이나 크게 다르지 않다. 행정을 담당하는 정부 관료들은 대외적인 성과를 중시하고 겉으로 보이는 화려한 모습을 추구하다보니 예산을 배정하는 경우에도 그 기준에 따르는 경우가 많다. 젊은 음악인을 발굴 지원하고, 시민들이 수준 높은 음악을 감상하고 즐길 수 있는 기회를 제공하기 위해서는 세심한 노력이 필요하지만 많은 행정 기관에서는 그보다 대외적으로 과시하기 좋은 사업에 더 많은 예산을 배정하는 경우가 많다. 엄청난 예산을 들여 크고 화려한 공연장을 짓고, 매스컴의 주목을 받기 위해 떠들썩한 음악 축제 등을 여는 데 국민들의 세금을 쏟아 붓기도 한다. 반면 가능성 있는 음악인에 대한 지원은 고사하고 훌륭한 음악가를 초대하여 공연을 열거나 국제적인 콩쿠르를 개최하는 데 필요한 지원은 인색하기만하다. 그 결과 지역마다 엄청난 세금이 투입된 웅장한 규모의 '문화예술회관'은 있지만 정작 그 무대에서 수준 높은 음악을 감상할 기회는 그리 많지 않은 것이 현실이다. 말하자면 한국의 예술 지원 정책은 물질적이고 형식적인 측면에만 집중되어 있고, 정신적인 예술의 가치를 드높이려는 노력은 매우 부족하다.

　기업의 경우에도 다르지 않다. 기업이란 본래 이윤을 추구하는 것이 목적이므로 음악에 대한 지원도 투자 대비 효과를 따질 수밖에 없다는 사실을 어느 정도는 인정한다. 기업에게 효과도 없는 일에 돈을 투자하라고 하는 것은 마치 깨진 독에 물을 부어달라고 조르는 것과 다르지 않게 때문이다. 하지만 어느 정도 안정적인 수준에 이른 기업이라면 장기적인 효과를 바라보며 투자하는 여유를 가져야 할 것이다. 오늘 투자한 비용을 당장 내일 회수하겠다고 생각한다면 예술에 대한 투자는 불가능하다. 예술은 공장에서 찍어내는 제품처럼 단기간에 만들어지는 것이 아니다. 10년, 20년 아니 100년을 바라보고 투자하지 않는 한 문화 예술의 선진화는 불가능할 수밖에 없다. 그나마 최근 들어 문화 예술에 대한 이해를 가진 기업들이 늘어나고 있는 것은 매우 다행스러운 일이다. 그중에서도 금호그룹의 음악 지원 사업이 돋보이는데 진심으로 감사의 마음을 전하고 싶다. 하지만 미국과 유럽 등 예술 선진국들에 비하면 우리의 현실은 여전히 걸음마 수준을 면하지 못하고 있다.

음악인들에게 꿈의 무대로 여겨지는 카네기 홀은 철강 재벌 앤드류 카네기의 아낌없는 지원으로 만들어졌다는 것은 누구나 알고 있는 사실이다. 카네기 홀은 미국의 철강 재벌 앤드류 카네기가 1891년 지휘자 월터 담로슈의 제안을 받아 세운 콘서트 홀이다. 1960년대 들어와 카네기 홀도 한때 위기를 겪었으나 미국의 바이올리니스트 아이작 스턴Isaac Stern의 헌신적인 노력 덕분에 지금까지 세계적인 명성을 유지해 오고 있다. 나 역시 카네기 홀에서 데뷔 무대를 가진 피아니스트로서 카네기와 아이작 스턴에게 늘 감사하는 마음을 가지게 된다. 만일 기업가인 카네기가 사업적인 목적으로 카네기 홀을 짓고 운영에 간섭했다면 지금과 같은 명성을 유지할 수 있었을까? 분명 그렇지 못했을 것이다. 카네기 홀은 기업의 지원으로 만들어졌지만 그 운영과 기획은 철저히 예술가의 몫으로 남겨주었기에 100년이 넘는 오랜 세월 동안 음악인들의 꿈의 무대라는 이름을 유지할 수 있었다.

금호그룹의 예처럼 우리나라 기업 중에도 순수한 마음으로 예술을 지원하는 기업이 늘어나고 있다. 나 역시 가원문화회를 결성하여 국제 콩쿠르를 준비하는 과정에서 음악을 진정으로 사랑하는 마음을 가진 기업가를 만날 수 있었다. 원래 1982년 '가원문화회'였던 것을 1994년에 사단법인으로 발전시키고 세계적으로 실력이 있는 음악가를 초청하여 연주회를 갖는 등 다양한 노력을 하였다. 그러나 정식으로 국제 콩쿠르를 성사시키는 데까지는 많은 시간이 필요했다. 만일 정치권이나 재계를 찾아가 손을 벌리고 그들의 요구를 수용하는 방식으로 일을 추진했다면 훨씬 일찍 국제 콩쿠르를 성사시킬 수 있었을 것이다. 하지만 나는 그러한 방식을 선택하지 않았다. 당장 눈에 보이는 성과보다는 근본적으로 음악의 순수성을 훼손하지 않는 국제 콩쿠르를 만들어야 한다는 생각 때문이었다. 고집스러운 노력은 '가원문화회'를 결성한 지 13년이 지난 1995년이 되어서야 첫 결실을 맺게 된다. 13년이라는 기간 동안 많은 유혹도 있었다. 이름만 대면 알 만한 기업들과 단체에서 후원 제의가 있었지만 이런저런 요구 사항으로 간섭하려 드는 바람에 그때마다 단호히 거절을 했었다. 그러한 진통을 겪었기에 1995년 한국 최초의 국제 피아노 콩쿠르

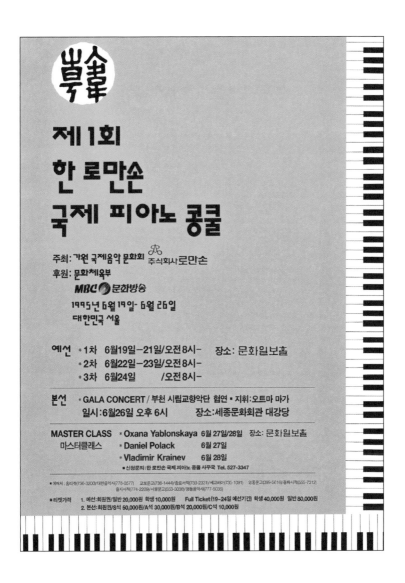

〈한·로만손 국제 피아노 콩쿠르〉는 한옥수의 앞 글자와 대회를 후원한 로만손 주식
회사의 이름을 따서 지은 이름이었다. 사진은 당시 포스터.

인 〈한 · 로만손국제 피아노콩쿠르 Han-Romanson International Piano Competition〉를 성사시킬 수 있었다.

시계 전문 기업인 로만손 사의 김기문 회장은 다른 기업의 대표와는 처음부터 달랐다. 개인적으로는 그분의 자제를 지도했던 인연도 있었지만 그는 순수한 후원 이외에 어떠한 간섭이나 요구도 하지 않았다. 심사위원의 위촉과 구성은 물론이고 행사의 모든 진행 일체를 '가원국제음악문화회'에 일임하였다. 나는 지금도 그분이야말로 진정으로 음악과 예술을 사랑하는 기업인이었다고 여기고 있다. 이 지면을 빌려 중소기업인으로서 세계적인 문화 행사 창설을 위해 헌신적으로 후원해준 김기문 회장님과 그 가족에게 한국 음악의 국제적 발전에 한 획을 이룬 공헌에 대해 항상 감사하고 있음을 피력한다.

그러나 안타깝게도 한국 최초의 세계적 콩쿠르로 자리 잡은 〈Han-Romanson International Piano Competition〉은 1995년에 제1회를 성공적으로 마치고, 제2회를 준비하던 중 중단할 수밖에 없게 되었다. 바로 한국 경제를 마비시켰던 IMF 사태 때문이었다. 경제적 위기에 가장 먼저 타격을 입은 분야는 늘 예술 분야일 수밖에 없는 게 현실이었다. IMF로 중단된 국제 콩쿠르가 〈가원상〉이라는 이름으로 다시 출발하기까지는 또 10년의 시간이 걸렸으니 그 사이 겪어야 했던 사연을 모두 이야기하기엔 지면이 부족하기만 하다.

선진 음악 문화

자본과 권력만이 음악인의 독립성을 위협하고 선진화를 가로막는 것은 아니다. 음악계 내부에서도 독립성을 해치는 여러 가지 압력과 영향력이 작용한다. 한국의 민주화 운동이 한창이던 1987년의 일이다. 당시 나는 여러 나라에서 열리는 국제 콩쿠르에 심사위원으로 참여할 기회가 많았는데 그때에도 국제적으로 이름이 널리 알려진 모 콩쿠르에서 심사를 맡게 되었다. 예선을 거쳐 올라온 10명의 피아니스트 중 파이널리스트는 총 6명을 선발한다. 그중에 약 30세가량의 헝가리 부다페스트 출신 피아니스트가 내 눈길을 사로잡았다. 곡의 이해 능력과 표현력이 뛰어나고 테크닉 면에서도 가히 세계적인 수준이었다. 최소한 3위권에는 충분히 들 수 있는 실력을 갖춘 연주자였다. 나는 그 참가자에게 2등 점수를 주었다. 심사가 모두 끝나고 심사위원장은 각 심사위원들의 점수를 종합하여 최종 수상자를 발표하였다. 그런데 내가 2등 점수를 주었던 참가자가 수상에 포함되지 못하고 등외로 밀려 있는 것이 아닌가. 그날 나와 함께 심사위원으로 위촉된 사람들은 모두 세계 최고 수준의 음악가들이었는데 이런 결과가 나오다니 이해가 되지 않았다. 나는 심사위원장을 찾아가 안타까운 마음을 가감 없이 표현했다. 심사위원장은 이미 결정된 사항을 바꿀 수는 없다며 나의 의견을 받아들이지 않았다. 다른 심사위원들도 나에게 곱지 않은 시선을 보냈다. 나는 외톨이가 된 기분이 들었다. 마치 나 자신이 부당한 경우를 당한 것 같은 심정이 들었지만 다른 심사위원이 매긴 점수에 간섭할 수는 없는 일이었기에 힘없이 방으로 돌아올 수밖에 없었다. 다음 날 아침 조찬 모임에 나갔는데 분위기가 뭔가 이상했다. 잠시 후 심사위원장이 사색이 된 얼굴로 조찬장에 들어섰다. 그의 손에는 50통이 넘는 전보 뭉치가 들려 있었다. TV를 통해 콩쿠르를 생방송으로 보았던 시청자들이 항의의 뜻을 전보로 보내온 것이었다. 전보를 열어보니 헝가리 출신 피아니스트가 수상자에서 제외된 것에 항의하는 내용이 적혀 있었다. 심사위원장을 비롯하여 자리에 있던 사람들은 그제야 나의 판단이 옳았다는 것을 인정하고 번외의 특별상을 만들어야 하는 것 아니냐는 의견을 내기도 했다.

그 콩쿠르는 세계적인 권위를 가진 대회였는데도 그러한 일이 벌어진 것이다. 나는 당시의 심사위원들에게 숨겨진 부정이나 압력이 있었다고는 생각하지 않는다. 다만 심사위원으로서 각자 자신만의 소신을 가지지 못한 것이 잘못이었다고 본다. 여러 명이 심사를 하다보면 그중 가장 권위 있는 원로 심사위원이 있게 마련이다. 후배 심사위원의 입장에서는 그분의 한 마디 한 마디에 영향을 받는 경우가 많다. 원로급 심사위원이 좋은 평가를 하면 나머지 심사위원들도 덩달아 따르게 되고 그러한 과정에서 일종의 몰표가 나오게 되는 것이다. 객관적이고 공정해야 하는 심사가 특정 심사위원의 음악적 선호도에 의해 좌우된다면 이러한 사례처럼 문제가 발생할 수 있다.

심사를 마치고 귀국하자 국내 음악 잡지사에서 나에게 심사에 참여한 과정에서 있었던 일과 느낀 점을 기고해 달라는 청탁을 해왔다. 한국인으로서 국제 콩쿠르의 심사위원을 맡는 일은 매우 드물 일이었기 때문에 한국 음악계에서는 이미 그 자체가 큰 뉴스로 다루어지고 있었다.

그 일이 있고 나서 나는 음악계에서 정확하고 소신 있는 심사위원으로 알려지기 시작했다. 이후에도 각종 콩쿠르 주최 측에서 심사 초청이 늘어났으며 3년 뒤인 1990년에는 한국인 최초로 차이콥스키 국제 콩쿠르의 심사위원으로 초청되었는데 그 이유도 지금까지 보여준 나의 심사 방식과 태도 때문이 아닌가 한다.

만일 똑같은 일이 우리 한국에서 일어났다면 어땠을까. 아마도 대세를 따르지 않은 심사위원은 왕따를 당하는 일이 벌어질 수도 있을 것이다. 그만큼 한국 음악계는 여전히 폐쇄적이고 개성과 소신보다는 권위에 무비판적으로 순응하는 현상이 지속되고 있다. 이러한 폐쇄성은 한국 음악의 선진화를 가로막는 걸림돌이 아닐 수 없다.

　오랜 세월이 지났지만 당시의 느낌을 그대로 전달하기 위해 기고했던 글을 여기에 싣고자 한다.

우승자 가리기

한옥수

미국으로 떠나던 날 서울은 어수선했다. 공항까지 나가는 데도 어느 길은 피해서 가면서도 바람결에 날아온 최루가스로 눈물을 흘려야 했다. 내 심정은 완전히 다른 두 가지 다른 것으로 차 있어서 혼란스러웠다. 연일 계속되는 데모로 어수선한 나라를 두고 떠나는 것 같은 착잡한 마음과 또 한편으로는 국제 피아노 콩쿠르 심사위원으로 위촉되었다는 그런 기대감이었다. 이 혼란스러운 마음은 미국에 도착해서도 쉽게 가시지 않았다.

미국의 TV들은 톱뉴스로 우리나라의 데모 사태를 연일 보도하였다. 내가 한국 사람인 것을 아는 심사위원들은 내가 마치 전쟁이라도 하는 나라에서 온 사람처럼 연민을 가지고 얘기를 걸어오고는 했다. 그때의 착잡함은 쉽게 표현할 수 없을 것 같다.

콩쿠르가 시작되었다. 우리는 지역 예선을 통과한 18개국 89명의 피아니스트들에 대한 심사를 시작으로 일정을 이어갔다. 대회장은 네덜

43

란드프라자의 밀러 홀인데, 풍경이 아름다운 곳이었다. 대회 기간 동안 경연에 참가하고 있는 18개국과 심사위원 7명의 나라 국기들이 계양되어 있었다. 내게는 '한국인'이라는 것이 대회 기간 내내 따라다녔다. 외국 여행을 할 때마다 느끼는 일이지만 조국이라는 것이 어쩌면 그렇게 강렬한 애착과 매력으로 다가오는지 모른다. 태극기가 계양된 네덜란드 프라자를 출입하는데 정면에 걸린 태극기를 보고 나는 감격의 눈물을 지으며 '멋진 한국인의 모습을 보여주어야지'라고 다짐하고는 했다.

내가 왜 그런 생각을 했는가 하면 콩쿠르 심사위원들은 7개국에서 초청받은 9명이었는데 동료 심사위원들은 처음 나에게 한국의 데모 사태 말고는 음악적인 대화는 걸어오지 않았다. 강대국이 약소국을 대하는 교만함이 은연중에 느껴졌다. 그때마다 나는 '심사를 하면서 한국인의 진가를 보여주마'라고 마음속으로 벼르고 있었다.

첫 심사에서 절반가량을 떨어뜨렸다. 심사위원에게는 경연 참가자에 대한 신상명세서가 인쇄된 책이 자료로 배포되어 있다. 우리는 그들이 무대에 나오면 어느 나라 피아니스트이며 연령, 이름, 연주할 곡명은 무엇이라는 것을 그 자료를 통해 체크하게 된다. 이 자료는 유익한 것임에 분명하지만, 참가자에게는 불리한 것으로 작용할 수도 있다는 걸 느낄 수 있었다. 특히 약소국 출신의 참가자에게는 더욱 그러할 것이었다.

평소 제자들이 콩쿠르에 참가하고 와서 콩쿠르의 최종 결과는 국력의 싸움이라는 말을 하며 경과를 보고하는 경우가 있었는데 그때는 1등을 못한 것에 대한 변명으로 듣고 넘기고는 했다. 그런데 심사위원이 되고 보니 그 말의 뜻을 알 수가 있었다. 경연자는 공개적으로 연주력을 통해 경연을 하고 있지만 심사위원들은 심사위원들대로 자국 참가자들에 대해서 특별한 신경을 쓰고 있었다. 국제 콩쿠르에 자국 심사위원이 있다는 것이 참가자에게 얼마나 유리한 것인지 실감할 수 있었다.

이 콩쿠르에서 한국 출신 참가자를 만날 수 있었던 것은 큰 기쁨이었다. 줄리어드음대 대학원에 재학 중인 최윤정 양이었는데 3차까지 통과를 했다. 그는 재주 있는 학생이었고, 음악을 멋지게 칠 줄도 알았다. 동료 심사위원들이 내게 아는 체를 하며 "당신 나라 아이!"라고 말해주었다. 특별히 브라질에서 온 카스트로 씨에게 나는 마음으로 감사하고 있는데 "당신 나라 아이여서 좋은 점수를 주려고 관심을 가졌다"라며 3차 심사를 마치고 내게 말했다. 이어서 그는

"훌륭한 재주를 가졌고 테크닉도 뛰어납니다. 그러나 한 교수, 이해가 안 되는 일이 있습니다. 그런 능력을 가졌으면서도 마음에 여유가 없이 막 몰아가고 있는데 어떻게 그럴 수가 있지요? 막 구석으로 좁혀 들어가고 있어요, 2차까지가 한계 같아요."

나도 그에게 동감을 표했다. 사실 3차 심사를 하고 있을 때 나 또한 눈물겹게 그 점을 느끼고 있었다. 이것은 최윤정 양에게만 국한되는 것은 아니다. 우리나라 연주자들의 80~90%가 다 그렇게 음악을 만들고 있다. 재주는 결함이 없는데 마음이 조급하게 무엇엔가 쫓기는 듯 음악을 만들고 있다. 많은 나라 음악인들이 참가하고 있는 콩쿠르에서 이 문제는 쌀에 콩이 섞인 듯 특별하게 부각되어 느껴진 것이다. 여유가 없으니 충분히 생각한 연주자의 고유한 인식이 없어 산만해지게 되는 것이다. 그러다보니 자신감이 없고, 자기 주장을 당당하게 하는 배짱이 없게 되는 것이다. 왜 그렇게 눈치를 보고 있는 것일까, 나는 굉장히 안타

까움을 느꼈다. 이것은 이번 콩쿠르를 통해 내가 앞으로 제자들을 지도할 때 어떤 점에 유념해야겠구나 하는 몇 가지 요소를 발견하게 해준 것 중 첫 번째 문제였다.

콩쿠르를 통해 내가 출국하기 전 국내에서 예상했던 몇몇 추측을 실제로 확인할 수 있었던 점도 큰 수확이다. 나는 그간에 연주회에서 음악을 듣는다거나 레코드를 통해 동구에 19세기의 전통적 피아노 음악이 남아 있다고 느끼고 있었다. 이번 콩쿠르에서 동구권 참가자들은 확실히 피아노 메커니즘이 서구의 참가자들과 달랐다. 서구의 참가자들은 감각적 현대화라는 말을 할 수 있을 만큼 전통적인 곡들의 표현에 있어 표현을 가감하고 있는 것이 사실이다. 다시 말한다면 표현의 문제를 많이 연구해서 음악이 외형적으로 많은 변화를 보이고 있다. 반면 동구의 참가자들은 외형의 표현에 있어 매우 순수하다. 표현이 순진한 반면 내면으로 울려오는 힘이 있어서 심사를 맡고 있는 나는 굉장한 충격을 받았다. 솔직히 말한다면 서구의 참가자들은 기교적 세련미와 완전한 공부를 한 학생이라는 것을 알게 해준다. 반면 헝가리나 소련의 참가자는 라흐마니노프나 박하우스에게서 느꼈던 그런 대가적인 음악을 재현하고 있다. 뉴욕타임즈지의 음악평론가 숀버그가 그의 칼럼을 통해 "음악의 전통은 동구권에서 남아 있다."고 지적한 것이 사실이라는 것을 확인했다. 이것은 음악 교육에서 온 것으로서 콩쿠르 심사 기간 동안 그 티칭법을 어렴풋이 터득할 수 있었던 것이 개인적인 소득으로 남게 되었다.

4차 경연을 마치고 파이널에 들어가기 전 유망주의 탈락이 큰 화제가 되었다. 헝가리 출신의 라슬로 군이 떨어진 것이다. 4차 10명의 경연은 미국 TV를 통해 전국에 생중계 되었는데 심사 발표가 있자 주최 측에 항의와 문의가 쇄도해 들어왔다. 그 내용은 "라슬로 군을 제일 잘하는 것으로 보았는데 그가 떨어진 이유가 무엇인가?" 하는 항의였다.

개인적으로 내 생각도 라슬로의 천재적인 연주에 매력을 느끼고 있었으므로 어리둥절해 있는 형편이었다. 그것은 분명 하나의 사건이었다. 쇼팽 콩쿠르를 심사했던 하르케리히가 포고렐리치를 낙선시킨 심사위원들에게 강하게 반발하고 퇴장했다는 일화가 떠올랐다. 그것은 이 시간 내가 취해야 할 일처럼 생각되었다. 나는 잠시 생각한 후 심사위원들과 대화를 나눴다.

"대부분의 사람들이 라슬로의 낙선을 이해 못 하고 있는데 나도 동감이다. 그를 구제해서 파이널에 내보내자. 좋은 연주자를 우리가 발견하지 못한다면 콩쿠르 심사위원들이 무엇을 할 수 있겠는가?"

한 심사위원이 자신은 "4차의 실내악 연주에서 그는 너무 소리가 작았다. 그래서 오케스트라와의 협연에는 맞지 않을 것이라 생각되어 낙선을 시켰노라"고 했다. 나는 그 의견에 단호히 반대했다.

"그것은 잘못된 심사다. 실내악 때 소리를 작게 했다고 해서 오케스트라와의 협연을 미리 결부시켜 점수를 주는 것은 있을 수 없다. 파이널에 올려서 다시 한 번 들어보았으면 좋겠다."

결론이 나지 않고 그날 밤을 보냈는데 아침에 주최 측 집행자가 한 묶음이나 되는 전보를 가지고 왔다.

"한 교수 지난밤 전국에서 많은 전화가 왔습니다. 그리고 이것은 그 전화의 내용과 같은 전보입니다. 라슬로 군의 점수가 왜 그렇게 되었는지, 점수에 관계없이 그의 연주를 다시 듣게 해달라는 내용들입니다."

그는 계속해서 말을 이었다.

"지난밤에 호텔로 〈뉴욕필하모닉 오케스트라〉의 이사 한 분이 저를 찾아왔습니다. 라슬로의 연주를 듣고 자기가 그의 후원자가 되기로 했다는 것을 말하기 위해서였습니다. 그분은 심사위원들이 틀림은 없겠지만 라슬로가 자기가 듣기에는 최고라는 것이었습니다. 뉴욕에서 그를 위해 독주회를 시키기로 했다고 했습니다."

그의 말을 듣고 나는 이렇게 말했다.

"알겠습니다. 오늘 아침 심사위원들과 다시 이 문제를 논의해봅시다." 이렇게 해서 라슬로를 엑스트라로 해서 파이널을 치르기로 했다. 낙선한 포코렐리치가 유명해졌듯이 라슬로 군도 이번 일을 계기로 빛을 봤으면 하는 기대가 생겼다.

나는 신시내티 오케스트라 홀에서 열릴 파이널의 리어설을 오후 내내 지켜보았다. 지휘는 심사위원으로 온 발디미언 킨이 맡았는데, 그는 신시내티 오케스트라와 음악 해석 문제로 의견 통일이 되지 않아 애를 먹고 있었다. 파이널에서 연주될 곡은 브람스, 라흐마니노프, 베토벤, 리스트의 협주곡들이었다. 킨 교수가 특히 애를 먹는 것은 라흐마니노프였는데 표현에 있어 오케스트라와는 여러 점에서 의견 차이가 있었다. 그는 러시아 사람이었고 라흐마니노프가 요구하는 내면적 세계를 너무 잘 알고 있었다. 오케스트라는 음악적 기호로 라흐마니노프를 이해하고 있을 뿐이었다. 만일 교향곡 같았으면 쉽게 양보하고 지나갔을지 모른다. 그러나 소련 참가자인 젤다 타츠가 협연을 하고 있는 까닭에 묘한 음악 문제가 노출되고 있었다. 지휘자와 협연자는 이해가 같고, 오케스트라는 다르다는 점이었다. 그래서 라흐마니노프의 곡은 오후 내내 그들을 속 썩이게 만들었다.

밤이 되자 파이널 연주는 4차의 경연처럼 전국에 걸쳐 TV로 방영되었다. 심사위원들은 잔뜩 긴장해서 마지막 경연을 심사했다. 이때의 심사위원은 7명이었다. 한옥수(한국), 유진 바반(소련), 루이스 메무라 카스트로(브라질), 레온 사라프자닌(캐나다), 카를로제찌(이탈리아), 장 마리 알레(프랑스), 존 빅(영국).

마지막 경연은 엘렌(미국)이 브람스의 '협주곡 d단조 op. 15' 타츠(소련)의 라흐마니노프 '협주곡 c단조 op. 18' 호워드 콕스(캐나다)의 베토벤 '협주곡 No3 c단조 op. 37' 라슬로의 리스트 '협주곡 No1, e플랫장조' 협연으로 이루어졌다. 그 결과 1등은 미국의 팀 엘렌, 2등은 소련의 골다 타츠, 3등은 캐나다의 호워드 콕스, 4등은 라슬로에게 돌아갔다.

1등에게는 장학금 6500달러와 뉴욕 아리스터 홀 독주회 및 교향악단과의 협연이 주어진다.

그런데 이 콩쿠르는 심사위원인 나에게도 굉장한 선물을 안겨주었다. 가장 큰 것은 뭐니 뭐니 해도 내 심사에 대한 주최 측의 인정이었다. 심사위원들은 매 심사 과정에서 심사위원 의견서를 써서 제출하게 되어 있다. 그 의견서를 먼저 주최 측이 점검해서 참가자에게 넘겨주게 되는데 내 심사의견서가 아주 정확하고 자상했다는 책임자의 얘기가 있었다. 이렇게 해서 콩쿠르 심사에 임하던 때의 내 결심 하나가 이루어지게 된 셈이다.

또 하나는 조국 대한민국으로부터 전해진 뉴스였다. 6월 29일 한국민주화선언이 세계 언론을 통해 전해진 것이다. 그곳에 있던 사람들은 나를 선망의 눈으로 바라보며 마치 기적을 보는 듯 놀라워했다. 내게는 큰 기쁨이 되었고 심사에 임할 때 당당히 내 주장을 펴나갈 수 있는 힘도 되었다.

또 신시내티 국제 피아노 콩쿠르의 아시아 지역 예선 대회 개최권을 얻게 되고 그 책임자로 임명을 받게 되었는데 이 일은 나 개인의 영광을 넘어 한국의 음악도들에게 엄청난 선물이 될 것이다. 1988년 예선 대회를 위해서는 실기 과제곡 등 대회 전반에 관한 행사 계획서를 정리해서 9월 중에 발표할 예정이다.

- 『월간음악』 1987년 9월호

▲ The World Piano Competition 수상자들과 함께.

▼ The World Piano Competition 이사와 창시자 글로리아 애커만과 함께.

음악 선진화와 청중 문화

음악의 선진화와 독립성을 위해 반드시 필요한 것은 좋은 청중들의 저변 확대이다. 위의 사례에서도 알 수 있듯이 심사위원들이 저지른 오류를 청중들이 지적할 수 있을 정도가 된다면 그 나라는 음악 선진국이라고 해도 과언이 아닐 것이다. 그러나 우리의 현실은 굳이 설명하지 않아도 누구나 알 수 있을 만큼 클래식 애호가들의 저변이 선진국처럼 넓고 깊다고는 할 수 없다.

작곡가와 연주자가 공동으로 갖는 관심사의 하나가 청중은 어떻게 듣고 또 어떻게 받아들이고 있느냐이다. 작곡가나 연주자의 입장에서는 청중들이 자신의 음악을 듣고 무엇을 감지하는가에 대해 촉각을 곤두세우게 된다. 하지만 청중들의 마음속을 들여다볼 수 없으므로 그것을 정확히 안다는 것은 불가능하다. 그 점이 음악가에게는 안타까운 일이다. 음악을 처음부터 끝까지 듣는다고 해서 모두를 이해하는 것은 아니며 그럴 수도 없는 일이다. 나는 연주할 때마다 청중들이 내 연주를 전부 분해해서 듣기를 바라지는 않는다. 이는 지나친 요구이며 그럴 시간적 여유도 없다. 하지만 한 가지 분명한 것은 듣는 기술이 일반적인 아이디어와 혼동되면 안 된다는 것이다.

새로운 대작을 처음으로 들을 때 신비한 경험을 하게 되는 경우가 있다. 마치 고대하던 연인을 만나는 것처럼 압도적 힘에 이끌려 가슴이 온통 설레는 느낌으로 벅차오른다. 그러한 상황이 되면 곡의 세부적인 내용을 부분적으로 판별한다는 것이 불가능할 정도로 무력해지고, 작품의 아름다움에 그저 빨려 들어가게 된다. 하지만 특별한 자질과 능력을 가진 음악인이라면 처음 들어보는 작품이라도 그 작품의 음악적 구조와 형태를 인지할 수 있어야 한다. 나 역시 새로운 곡을 만나면 항상 마음의 평정을 잃지 않으려고 노력하는 편이다. 다행히도 나는 타고난 분석 능력을 가지고 있어서 작품에 몰입하면서도 전체적인 구조와 세부적인 변주 형태를 놓치지는 않는다.

청중들도 그러한 느낌을 받으면 뭐라 표현할 수 없는 무아지경이 될 것이다. 다만 전문적인 음악가가 아닌 청중들이 곡의 구조와 형태까지 파악하면서 음악을 감상하기를 바랄 수는 없는 일이다. 또한 음악 감상도 감상자 개인의 본성과 경험에 그 바탕을 두기 때문에 사람에 따라 각양각색일 수밖에 없다. 이는 마치 같은 음식을 먹고도 사람에 따라 육체적으로 또 정신적으로 소화하는

데 차이가 있는 것처럼 음악 역시 각자 소화하는 데 차이가 있기 마련이다. 그럼에도 불구하고 음악에는 작곡가나 연주자가 전달하려는 메시지가 존재한다. 듣는 사람마다 각각의 느낌은 다를지라도 공통적으로 공유할 수 있는 공감의 코드가 분명히 존재하는 것이다. 그러므로 타고난 음악적 청각을 가지고 있는 사람이 아니라면 연주회를 오기 전에 곡에 대한 관심을 가지고 관련된 정보를 찾아보는 것이 필요하다. 그러한 노력이 쌓이면 수준 높은 음악 애호가로서 고급 청중이 될 수 있다. 음악을 들을 줄 아는 사람만이 음악을 이해할 능력이 있다. 음악에 감동하고 풍부한 상상력이 있는 청중은 그 자체로 살아 움직이는 악기와도 같다고 할 수 있다. 음악을 사랑하고 음악을 찬미하며 들을 줄 아는 것은 그야말로 창조적인 또 하나의 예술 활동이라 하겠다. 그러한 의미에서 음악이란 작곡가와 연주자가 만들고 완성하는 것이 아니라 그 곡을 감상하는 청중이 아름다운 음악 한 편을 완성하는 것이라고 할 수 있다. 클래식 음악에 전문 지식이 없는 사람이라도 훌륭한 걸작을 감상할 기회가 생기면 조금씩 차근차근 용기를 내서 사람에게 접근하듯 작품을 자세히 관찰하는 자세를 갖는 것이 필요하다. 사람을 사귈 때 상대방의 독특한 동작, 성격, 표정, 표현과 친밀해지는 과정을 거치면서 애정과 유대가 형성되듯이 음악을 감상할 때도 마치 사랑하는 사람과 연애를 하듯이 접근하면 청중으로서의 음악성은 도약할 수 있으며 미지의 세계를 향한 음악 여행을 함께해 나갈 수 있게 된다.

　최근에는 많은 사람들이 여러 종류의 음악을 듣는다. 양적인 면에서도 그렇지만 질적인 면에서도 그 어느 때보다 대단하다. 과거 나의 젊은 시절에 비해 직접 음악을 접할 수 있는 기회가 많아졌음은 물론 우리 세대가 애지중지하던 레코드, 녹음기 등과는 비교할 수도 없는 첨단의 기기들이 보급된 요즘 마음만 먹으면 언제 어디서든 세계 최고의 연주를 들을 수 있는 시대가 되었다. 이것은 정말 좋은 현상이다. 음악 체험을 통해 정신적 변화는 물론 일상생활에서도 음악이 활기를 더하고 긍정적인 변화를 이끌어낼 수 있기 때문이다. 큰 비용을 들이지 않고도 언제든 음악을 감상하고 영혼을 맑게 할 수 있다는 것만으로도 축복받은 시대인 것이다. 음악회를 찾는 청중들의 수준과 음악 애호가의 범위도 넓어졌으니 과거에 비해 많은 발전이 있었던 것은 분명한 사실이다.

　최근 공연장에서 만나는 청중들을 볼 때마다 과거 젊은 시절에 만났던 청중들을 생각하게 된다. 70년대 초 내가 귀국했을 당시는 정말 좋은 청중들이 많았다. 프로그램을 찾아보고 레퍼토리에 포함된 곡을 미리 듣고 공부한 후 공연장을 찾아오는 청중이 있는가 하면 이미 수준급의 음악적 용어까지 잘 알고 있는 청중들도 많았다. 단지 공연에 맞춰 자리를 채우는 정도가 아니라 음악회에 오기 전에 나름대로 준비를 철저히 하였던 것이다. 지금처럼 청중의 수는 많지 않았지만 질적인 측면에서 본다면 여느 음악 선진국의 청중들 못지않았다. 경제적인 여유가 없었던 당시였기에 좋은 공연 티켓 한 장을 구하기도 쉬운 일은 아니었을 것이다. 요즈음은 어떤가? 물론 좋은 환경과 경제적인 여유가 생겼고 직접 도서관 등을 찾아 발품을 팔지 않더라도 인터넷 사이트 등을 통해 음악에 대한 정보를 쉽게 얻을 수 있으므로 청중들의 음악 지식이 높아진 것은 분명하다. 그러나 지식의 양은 늘었을지 몰라도 음악을 대하는 태도에 있어서는 오히려 퇴보한 것이 아닐까 하는 의심이 드는 경우가 많다. 기대를 갖고 음악회를 찾았다가 눈살을 찌푸리게 하는 청중들 때문에 도중에 객석을 빠져나온 적도 여러 번 있었다. 그러다보니 최근에는 특별한 경우가 아니면 음악회에 찾아가는 것도 꺼리게 된다. 내가 음악회에 가기를 회피하는 이유 중의 하나는 청중들이 진실로 음악을 이해하고, 음악을 사랑하고, 청중의 한 사람으로 음악적 공중도덕을 잘 지키고 있는지가 의심되기 때문이다. 공연 도중에 먹을 것을 꺼내 옆에서 부스럭 소리를 내는 사람이 있는가 하면, 계속 소리 내며 이야기하는 사람, 음악의 전 곡이 끝나기도 전에 박수치는 사람, 연주가 끝나면 마치 대중가요 가수의 공연에 온 것처럼 과도할 정도로 환호하거나 심지어는 휘파람을 부는 행동 등은 눈과 귀를 거슬리게 한다. 이 또한 음악 선진화를 방해하는 요소가 아닐 수 없다. 이런 상황에 맞닥뜨릴 때 솔직히 나는 우리의 청중 문화에 회의를 갖는다. 이 청중들이 얼마나 음악을 이해하고 마음의 평화와 안정과 행복을 느꼈을까 되묻곤 한다.

　음악 선진국이 되기 위한 조건 중에는 분명 청중의 역량도 중요한 역할을 한다. 한 나라의 음악 전통과 그 음악이 세계로 알려질 수 있는 근본 바탕은 그 나라의 문화 수준이다. 오래전이지만 러시아 연주에서 느꼈던 것이 생각난다. 화려한 옷차림으로 연주회에 참석하는 구미와는 달리, 검소하고 단조로운 무명옷을 깨끗이 차려 입고 샌들을 신고 수수하게 나타난 이 청중들. 겉보기에는 허름한 촌부들처럼 보이지만 음악을 감상하는 그들의 모습에서 신비스러울 정도로 존경심을 느끼게 된다. 무표정 속에 담긴 진지함. 적막 속에 빛나는 눈동자에 비친 행복감. 연주자의 미세한 감정을 고려하여 열광마저 자제하는 마음을 보면 정말 수준 높은 음악 문화가 어떤 것인가를 깨닫게 된다. 그것은 돈으로도 얻을 수 없는 것이며 권력에 의한 통제로서도 만들어질 수 없는 것이다. 오랜 세월 동안 만들어진 전통과 어린 시절부터 음악을 듣고 감상하는 생활이 몸에 밴 사람들에게서만 나올 수 있는 태도라고 생각한다.

　연주 생활 중 Columbia대학의 의과대학 초청 연주회를 가진 적이 있다. 뉴욕 West Uptown 후문에서 캠퍼스에 들어서는 순간 연구실에서 흰 가운을 입고 또 커다란 안경을 쓰고 무엇인가에 몰두하는 의대생들의 모습이 눈에 들어왔다. 순간적으로 이들의 모습이 그토록 존경스럽게 보였다. 조금 뒤면 내 연주를 들으려고 연주 홀에 들어올 사람들임을 생각하니 더욱 정감이 느껴졌다. 한 가지에 그토록 집중을 하며 예비 의사로서 인간 생명을 좌우하는 소명에 최선을 다하는 사람들, 거기에다 음악을 사랑하여 수시로 음악을 듣는 것은 물론 나와 같은 연주자를 초청하여 음악적 감동을 나누는 일에 인색하지 않은 이 멋진 사람들이 마음에 들었다. 내가 음을 다루는 예술가라면 그들은 생명을 다루는 예술가라고 할까.

연주 직전에 잠깐 무대 인사를 할 기회가 있었다. 나는 다음과 같이 인사말을 건넸다.

"화려한 의상을 입고 연주회에 오는 청중들을 보다가 연구실 흰 가운을 입은 여러분을 만나니 더욱 신선하고 반갑습니다. 이 자리를 찾아주신 여러분들을 더욱 진심으로 환영합니다. 어느 때보다도 내 연주를 듣는 당신들과 나와의 대화가 환상적인 무아의 시간 속에서 이루어질 것을 믿습니다. 감사합니다."

그 자리에는 다양한 피부색의 사람들이 섞여 있었고 각자 문화적 배경과 출신 국가 그리고 종교와 언어도 달랐지만 음악을 통해 모두 함께 마음을 나눌 수 있었다.

순수한 예술은 서로 다른 언어나 각자의 개성 등 모든 차이를 초월하여 하나에 이르게 하는 힘이 있다. 아름답고 훌륭한 음악은 모든 인간의 본성을 결합하여 하나의 평화로 몰입할 수 있게 한다. 우리 모두가 차별 없이 충실히 음악에 열중하는 그 과정에서 우리는 예술적 체험과 약동하는 생명의 열망과 희망을 갖게 되는 것이다. 좋은 연주자는 청중과 함께 체험하고 청중을 높은 경지로 인도해야 하며, 거기에서 환희와 평화로 승화되고 있음을 인식시켜줄 때 사명을 완수하게 된다고 믿는다. 흔히 많은 사람들은 음악을 그저 기분을 풀기 위한 것으로 착각한다. 분명히 말하지만 음악은 그 자체가 심령의 환희를 준다. 그렇지 않다면 음악은 예술이 아니다.

미국에서 시작하여 유럽 전역으로 연주 생활을 하던 시절, 연주를 마치면 그날의 연주에 대한 나 스스로의 평가와 판단이 직관적으로 느껴지곤 했다. 연주자라면 누구나 끝난 연주에 대해서는 더 이상 생각조차 하기 싫은 것이 보통이다. 특히 연주 도중 사소한 실수라도 있었다면 더더욱 되돌아보기가 싫어지게 된다. 나 자신이 미워지는 것이다. 하지만 다음 연주를 위해서라도 연주자는 자신의 연주를 스스로 평가할 수밖에 없다. 그런데 나 스스로 생각해보아도 성공적이지 못한 연주였는데 청중들은 기대 이상의 반응을 보이는 경우가 있다. 심지어는 환호를 하며 연신 '브라보'를 외치는 경우도 있다. 그럴 땐 마치 청중들이 나를 비아냥거리는 것처럼 느껴져 나 자신이 미운만큼 청중들에게도 미운 감정이 생긴다. 연주자에게 절제의 미가 필요한 것처럼 청중에게도 절제의 미가 필요하다고 생각한다. 연주자는 청중의 반응에 민감할 수밖에 없으므로 진정으로 음악을 사랑하고 연주자에게 격려를 보내고 싶은 청중이라면 너무 과장된 환호와 박수를 보내는 것은 오히려 해가 될 수 있는 것이다. 나는 너무 과장된 환호를 받으면 '저 사람들이 정말 뭘 알고 저렇게 칭찬하고 박수를 치는 것일까' 하고 의아스러운 생각이 드는 때가 많다. 물론 반대의 경우도 있다. 한번은 내 영혼을 다해 표현했던 작품에 대해 청중 한 분이 조심스럽게 찾아와서 "거기를 그렇게 빠르게 처리하는 것은 처음 들었습니다. 매우 독특한 느낌을 받았습니다."라고 말했던 적이 있었다. 나는 마음속으로 그분이야말로 참 훌륭한 청중이며 음악 애호가라고 생각했다. 좋은 청중이라면 음악회를 그저 즐기고 가는 곳으로 생각하기보다는 음악을 통해 영혼의 감정을 공유할 줄 알아야 한다. 그러한 청중들이 늘어나면 우리 음악의 수준도 한 단계 발전하게 되는 것이다. 그러한 의미에서 청중은 구경꾼이 아니라 음악을 완성하는 또 하나의 예술가라고 부르고 싶다. 연주자의 입장에서는 그저 전문가의 말을 앵무새처럼 따라하는 청중보다는 비록 전문 음악 지식은 다소 부족하더라도 자신이 느낀 바를 과장 없이 진솔하게 이야기해줄 수 있는 청중이 더 소중한 법이다.

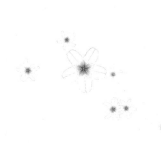

2^부

나를 있게 한 경험들

뉴욕의 영안실

　나의 육신이 누워 있는 곳은 뉴욕 웨스트 119가 니코바카 병원 영안실이었다.

　살아 있는 걸까? 아니면 천국이든 지옥이든 이미 다른 세상에 와 있는 것일까? 짐작조차 할 수 없었다. 마치 짙은 안개 속을 맨 발로 헤매는 것 같았다. 아니다. 삶과 죽음의 경계를 아슬아슬하게 넘나드는 동안 나의 감각과 시간은 정지되어 있었다. 그곳이 안개 속인지 아니면 지옥 혹은 천당의 입구인지를 상상하는 것은 허락되지 않았다.

　마당엔 자작나무 한 그루가 있다. 나무 그늘 아래 다섯 살의 내가 쪼그려 앉아 고개를 쳐들고 무성한 잎사귀들을 바라본다. 바

---

* 니코바카 병원 : 1963년 불의의 교통사고를 당했을 때 응급 치료를 받았던 뉴욕 소재의 병원. 현재에는 노인들을 위한 요양 시설로 운영 중이다.

람이 불 때마다 손바닥을 펴고 살랑살랑 흔들리는 잎사귀들. 진초록의 앞면과 희붐한 뒷면이 번갈아 가며 바람에 실리면 마치 수천 개의 구슬이 제각기 빛을 내며 재잘거리는 것 같다. 자작나무 작은 이파리 하나하나에는 저마다의 고유한 음빛깔이 있다. 제각각의 음색이 바람에 실리면 고요한 자장가가 되기도 하고 우렁찬 행진곡이 되기도 한다. 다섯 살의 소녀는 그 모습이 좋다. 자연이 주는 빛과 소리에 흠뻑 빠져들면 배가 고픈 줄도 몰랐다. 목이 뻣뻣해지도록 자리를 뜨지 않고 자작나무 아래서 논다. "옥수야! 밥 먹어라" 하고 부르는 엄마의 목소리가 들릴 때까지.

희미하게 맥박이 느껴졌다. 하지만 죽음의 기운이 여전히 몸과 영혼을 팽팽히 옭아매고 있어서 지금 내가 어떤 상황에 놓여 있는 것인지 가늠할 수 없었다. 다만 그동안 잊고 있었던 어린 시절의 기억들이 슬라이드 사진처럼 나타났다가 사라지기를 반복했다. 마당에 커다란 그늘을 만들어주었던 자작나무와 나를 부르는 엄마의 목소리에 이어 시계 초침 소리가 들려오기 시작했다. 처음엔 그것이 시계 소리인지 맥박이 뛰는 소리인지 구분할 수 없었지만 조금씩 소리를 높이더니 확연히 느낄 수 있을 만큼 분명하게 들려왔다. 여전히 다섯 살의 내가 그 소리를 듣는다. 틱-탁, 틱-탁 시계추 소리가 나는 곳이 어디인지 소녀는 두리번거리며 사방을 살핀다. 책들이 빼곡히 꽂혀 있는 책장 한구석에 축음기가 돌고 있다. 틱-탁, 틱-탁, 소녀는 축음기 앞에 멈추어 서서 시계추 소리를 듣는다. 시계추 소리 위로 선율이 실린다. 그 소리가 약해진 맥박을 밀어 올려 심장 박동을 돕기라도 한 것일까. 나는 살아나고 있었다.

어린 시절 아버지의 서재에 놓인 축음기에서 처음 들었던 Haydn의 시계교향곡Clock Symphony. 의식을 잃은 채 영안실에 누워 죽음의 문턱으로 빨려 들어가고 있는 나의 육신을 어린 시절 아버지가 들려주시던 시계교향곡의 소리가 간신히 붙들고 있었던 것인지도 모른다. 의사들은 치료를 포기한 상태였다. 영안실 침대에 뉘어 놓고 손을 놓은 채 맥박이 멈추지 않기만을 바라는 것 외에 달리 손을 쓸 방도가 없었다고 한다. 죽음의 입구로 들어서는 내 영혼을 붙든 것은 오래된 소리의 기억들이었다. 자작나무 잎들의 화음, "옥수야!" 하고 부르는 어머니의 목소리 그리고 아버지가 서재에서 들려주시던 시계교향곡……

영안실에 누워 있는 동안 나는 무의식의 세계를 헤매고 있었다. 마치 거대한 동물의 내장처럼 한 치 앞이 보이지 않는 어두운 동굴 속에서 나는 홀로 떨고 있었다. 본능적으로 생명의 끈을 잡기 위해 나는 바람을 타고 끝이 없는 동굴 속을 헤쳐 나갔다. 얼마나 시간이 지났을까 동굴의 막다른 곳에 은색 빛깔의 문이 있는 것을 발견했다. 문 안쪽에서 누군가의 음성이 들려 왔다.

"돌아가거라"

꿈이었을까? 아니다. 그 목소리는 바로 하나님의 음성이었다. 나는 지금도 무의식의 상태에서 내 귀에 들렸던 그 소리를 하나님의 목소리라고 믿고 있다.

사고가 난 후 닷새째 되는 날이었다. 눈을 떴다. 어슴푸레한 실내로 가느다란 빛줄기가 보였다. 문 틈새로 영안실 밖 복도 쪽에서 가느다란 빛이 새어 들어오고 있었다.

'여기가 어디지? 시체를 냉동 보관하는 관으로 둘러싸인 영안실이 아닌가? 하나님이 나를 살아 있도록 하신거야!'

그 빛은 생명의 빛이었다. 문틈을 비집고 들어온 실낱 같은 빛이 아니었다면 나는 그곳이 이 세상이 아닌 줄 알았을 테고 간신히 붙들고 있었던 생명의 끈을 놓아버렸을지도 모른다. 그 빛줄기는 내 의식을 지켜준 생명의 빛이 되어준 셈이다. 모두가 기적이라고 했다. 병원 의료진조차 포기하고 영안실로 나를 옮겼을 정도였으니 무슨 말이 더 필요할까.

의식은 되찾았지만 몸은 꼼짝도 할 수 없을 정도로 심각했다. 의사는 내가 받을 충격을 우려해서인지 의식을 회복하고도 한참이 지나서야 어렵게 입을 열었다. 의사의 말에 의하면 트럭이 내가 타고 있던 택시를 덮치는 순간 나의 갈비뼈가 산산조각이 났다는 것이다. 폐를 감싸고 있던 갈비뼈가 무려 36 조각이 되었다니 상상이 되지 않았다. 그 충격으로 폐까지 타격을 받았다고 했다.

가슴 전체를 후벼 파는 것 같은 통증 때문에 숨조차 쉴 수 없었다. 숨을 쉴 때마다 조각난 갈비뼈가 폐부를 찔러대는 바람에 입에서는 저절로 신음 소리가 새어 나왔다. 하지만 그 고통마저 감사했다. 나는 그 상황을 덤덤하게 받아들였다. 당황한 사람은 내가 아니라 오히려 담당 의사였다. 인생 경험이 일천했던 스물여섯의 내가 어떻게 그럴 수 있었을까. 게다가 꿈에 그리던 카네기홀 데뷔 무대를 앞두고 있었던 때가 아니던가. 아마도 나의 열 손가락이 여전히 움직이고 있다는 사실 때문이었을 것이다. 가슴의 통증 때문에 숨을 쉬기도 어려운 지경이었지만 손가락 끝의 감각이 살아 있다는 것만으로도 천만다행이라고 생각했다.

하지만 병원 침대에 홀로 누워 있노라면 문득문득 후회와 원망 그리고 분노가 치미는 것은 어쩔 수 없는 일이었다. 왜 하필이면 뉴욕에 한국 음식점 '아리랑'이 새로운 메뉴로 냉면을 개시했을까. 그렇지 않았다면 고국에서 먹었던 냉면의 맛을 떠올리지 않았을 테고 이런 사고를 당하지도 않았을 텐데. 왜 하필이면 지인은 나에게 냉면을 사주겠다고 했을까. 왜 하필이면 내가 탄 택시기사는 다른 길을 놔두고 Westside 97~98번가로 차를 몰았을까? 왜 하필이면 그 도로를 지나던 대형 트럭 운전수가 술에 취해 있었을까? 도대체 뉴욕의 경찰은 뭘 하고 있었단 말인가?

'만일 이랬더라면…….' 하는 생각이 꼬리에 꼬리를 물었다, 그럴수록 가슴의 통증은 더욱 심해져만 갔다. 그러던 중 나를 태웠던 택시 기사가 현장에서 즉사했다는 소식을 알게 되었다. 마치 망치로 한 방 얻어맞은 느낌이었다.

그때서야 나에게 주어진 시련이 축복이었다는 사실을 어렴풋이 깨달을 수 있었다. 숨을 들이마실 때마다 가슴을 찌르는 것 같았던 통증마저도 하나님께서 주신 은혜라는 생각이 들었다. 만일 원망과 분노에서 벗어나지 못했더라면 고통의 시간을 견뎌낼 수 없었을 것이다.

의식을 찾은 후 가장 사무치게 그리운 사람은 바로 부모님이었다. 하지만 딸의 사고 소식을 접하고 충격을 받으실 것을 생각하니 연락을 드릴 수가 없었다. 연락을 드린다고 해도 출국이 제한되어 있던 당시로서는 한국에 계신 부모님이 뉴욕으로 날아오실 수도 없는 상황이었다. 게다가 귀국을 종용하시던 부모님의 말씀을 거역하고 내 고집대로 줄리어드에 남아 있다가 사고를 당했으니 면목이 없기도 했다. 도움을 요청할 사람이라고는 마침 워싱턴에 거주하고 있던 사촌 오빠뿐이었다. 연락을 받고 달려온 사촌 오빠도 당분간 부모님께는 사고 소식을 알리지 않는 것이 좋겠다고 했다. 결국 부모님께서는 사고가 난 지 4개월이 지나서야 소식을 접하실 수 있었다.

병원에 있는 동안 여러분들이 찾아와 격려를 해주셨지만 그중 가장 고마운 분은 줄리어드에서 나를 지도해 주시던 에드워드 스토이어만 교수님이었다. 선생님은 나의 교통사고 기사가 실린 〈뉴

스토이어만 교수(위)와 교수님께 선물로 드렸던 그림. 스토이어만 교수는 이 그림을 돌아가시는 날까지 입구 마주보이는 벽에 걸어 두었다. 스토이어만 교수님께 선물한 이 그림은 한옥수 교수가 퇴원 후 휴양할 당시 취미로 그렸던 수채화이다.

욕타임즈〉를 보여주셨다.

카네기 홀 데뷔를 앞두고 불의의 교통사고를 당한 피아니스트 옥수한, 이 여인이 과연 다시 무대에 설 수 있을까?

참으려고 했지만 흐르는 눈물을 주체할 수 없었다. 스토이어만 교수님은 말없이 나를 안아주셨다. 그것은 백 마디의 말보다 더 큰 위로가 되었다.
"저는 끝까지 이루고야 말겠어요!"
나의 말에 스토이어만 교수님도 고개를 끄덕여 주셨다. 지금도 교수님의 표정을 잊지 못한다. 그 후에도 어려움에 닥칠 때마다 나는 스토이어만 교수님의 표정을 떠올리며 용기를 내곤 했다. 병원에서 퇴원한 후 요양을 할 때도 스토이어만 교수님은 용기와 격려를 아끼지 않으셨다. 요양 기간 동안 나는 틈틈이 그림을 그렸는데 그 당시 그렸던 그림에 감사의 의미를 담아 스토이어만 교수님께 선물로 드리기도 하였다. 한참 뒤 그분의 댁을 방문했을 때 현관에서 정면으로 보이는 벽면에 내가 선물로 드린 그림이 걸려 있는 걸 발견하고 얼마나 놀랍고 감격스러웠는지 모른다. 교수님께서는 돌아가시는 날까지 그 그림을 아끼셨다고 한다.
병원에 있는 동안 나에게 용기와 감동을 주었던 또 한 분이 생각난다. 그분은 평소 나와는 일면식도 없는 한인 교포 목사님이었는데 신문을 통해 사고 소식을 접하고 무작정 병원으로 찾아오셨다. 가슴을 친친 졸라매고 침대에 누워 있는 내 모습을 보곤 그 자리에서 쾌유를 기원하는 기도를 올려주셨다. 퇴원할 때까지 매주 병원에 방문하여 위로하고 함께 기도를 올린 덕분에 건강은 점차 나아지기 시작했다.

오랜 세월이 지났지만 이제는 고인이 되신 스토이어만 교수님과 한씨 성을 가지신 목사님이라는 것밖에는 기억나지 않는 그분께 감사를 드린다.

나는 지금도 당시에 겪었던 고통과 극복의 시간을 제2의 인생을 살아가기 위해 새롭게 태어나는 과정이었다고 믿는다. 병원에서 보낸 시간 그리고 의사의 권유에 따라 요양 차 머물렀던 펜실베니아 포코노 산맥의 작은 여름 별장에서의 기억은 삶에 지쳐 힘겨울 때마다 나를 일으켜 세워준 소중한 자산이 되었다. 특히 자연의 냄새와 소리를 만끽할 수 있었던 포코노 산맥 아래 작은 별장에서의 생활은 천만금을 주고도 얻을 수 없는 경험이었다.

자연의 소리

주인 가족들이 주말을 보내고 다시 뉴욕으로 떠나고 나면 나 혼자 별장에 남아 있어야 했다. 젊은 여자 혼자서, 그것도 아직은 건강을 충분히 회복하지 못한 몸으로 산속 별장에 홀로 남는다는 게 처음엔 두려웠다. 나를 위해 요양할 수 있는 장소를 알아봐준 분이 숲속에 있는 별장이라고 해서 처음엔 크고 견고한 중세의 성을 연상했었다. 하지만 실제 그곳은 별장이라는 거창한 이름보다는 한적한 숲속에 지어 놓은 작은 오두막이라는 이름이 더 어울리는 곳이었다. 주인 가족들은 주말에만 별장에 머물고 다시 도시의 일상으로 돌아가기 때문에 매주 5일간은 나 홀로 취사와 세탁을 하면서 살 수밖에 없었다. 그 동네에 들어오는 전화도 한 선밖에 없어서 밖으로 연락하기도 힘들었다. 후에 내 이야기를 들은 이들은 모두 놀란다. 무서워서 어떻게 있었느냐고. 워낙 외지고 낡은 집이어서 비가 오고 바람이 부는 쌀쌀할 날이면 낡은 문짝이

탕탕 소리를 내며 흔들렸다. 그 소리는 지금도 잊지 못한다. 처음 며칠간은 그 소리가 너무도 무서워서 이불 속에 머리까지 파묻고 날이 밝기만을 기다리기도 했다.

그런데 며칠이 지나자 참으로 신기한 일들이 벌어졌다. 처음엔 두렵기만 했던 자연의 소리들, 가령 바람 소리, 동물들의 울음소리, 이름도 알 수 없는 수많은 곤충들과 새들이 지저귀는 소리가 나의 육신과 영혼을 보듬어주고 있다는 느낌이 드는 것이었다. 만일 도시의 요양 시설이었다면 자동차 소음이나 사람들의 발자국 소리 때문에 스트레스가 쌓였을 터이지만 자연의 소리는 도시의 소음과는 확연히 달랐다.

펜실베니아 숲속 오두막에서 나는 어릴 적 읽은 『잠자는 숲속의 공주』의 주인공이 되기라도 한 듯이 생명의 의미를 깨닫게 되었다. 내가 살아가는 이 세상은 수많은 존재들이 서로 조화를 이루며 거대한 하모니를 만들어내는 곳이라는 것을 새삼 알게 된 것이다.

새로운 친구들도 생겼다. 노루 새끼들, 토끼 가족, 오소리 등, 귀여운 동물 친구들은 신기하게도 정해진 시간에 맞추어 오두막 뜰에 놀러 왔다. 먹이를 나눠주며 대화를 시도하자 동물 친구들도 경계심을 풀고 나에게 다가왔다. 사슴 가족들은 내가 자기들을 아끼는 것을 눈치챘는지 작은 창가로 다가와 나와 얼굴을 마주하며 안부를 전하기도 했다. 토끼나 오소리는 먹이를 주면 코로 내 손을 간질이며 쓰다듬기도 했다. 지금은 잊어버렸지만 나는 동물 친구들 하나하나 이름까지 지어주었었다. 넓은 뜰에서 이들의 뛰고 노는 모습을 떠올리면 지금도 내 입가에 따뜻한 미소가 지어지곤 한다.

동물 친구들뿐 아니라 주변에 있는 모든 존재들이 나에게 영감과 활력을 불러일으켜주었다. 오두막을 병풍처럼 둘러싸고 있던 전나무들, 거기에 바람이 실리면 잎사귀들이 내는 소리는 리듬을 만들고 숲에 찾아온 새들이 푸드덕 날아오르며 지저귀면 아름다운 노래가 만들어졌다. 어린 시절부터 피아노에만 열중하며 살았던 나였다. 피아노 건반이 이 세상 소리의 전부라고 생각했던 적도 있었다. 하지만 자연의 조화로운 소리는 나의 귀와 나의 음악의 문을 활짝 열어주었다.

요즈음도 좋은 계절이 찾아오면 나는 설악산에 간다. 거기에는 내가 좋아하는 계곡이 하나 있다. '명상의 길'이라는 이름의 계곡인데 유명한 관광코스가 아니어서 비교적 한적한 곳이다. 왕복 약 2.5km쯤 되는 명상의 길을 걷다 보면 내 마음과 정신이 맑아진다. 사실 이 책을 쓰려고 마음먹은 일도 이곳을 산책하면서 이루어졌다. 자연의 향기, 오색의 단풍과 거대한 바위 봉우리들, 계곡을 흐르는 물소리, 나무들의 대화를 가로막는 새들의 노래, 떨어지는 작은 잎들의 마지막 고백 위로 곧바로 서서 피어난 야생화들, 이 모든 자연을 오감으로 느낄 때면 나는 정말 행복하다.

동물 친구들뿐 아니라 주변에
있는 모든 존재들이 나에게 영
감과 활력을 불러일으켜주었
다. 사진은 아프리카 여행 때 찍
은 기린과 치타 사진.

이 모든 자연의 조화는 바로 창조주의 표현 그대로의 아름다움을 보여주는 것이 아닐까.

몸이 조금씩 회복되자 오두막 테라스에 나와 그림을 그리곤 했다. 아직 피아노를 치기엔 무리가 있었으나 그림을 통해 마음을 정화하는 것은 충분히 자신 있었다. 비록 전문적인 화가는 아니었지만 당시에 그린 그림은 스토이어만 교수님께 선물로 드릴 만큼 심혈을 기울인 작품이 되었다. 조금 더 건강이 회복되면서 교통사고 이후 손을 놓았던 피아노가 그리워지기 시작했다. 그러나 숲속 오두막에 피아노가 있을 리 없었으므로 그저 머릿속으로 건반을 그려 놓고 열 손가락을 식탁 위에 올린 채 음을 집어볼 수밖에 없었다. 그러던 중 별장 주인으로부터 반가운 소식을 들을 수 있었다. 별장 주인의 아내는 은퇴한 피아니스트였는데 마침 인근에 사는 친구 집에 피아노가 있다는 것이었다. 숲길을 따라 약 1km를 걸어가야 하는 거리였지만 나는 뛸 듯이 기뻤다. 그날부터 매일같이 숲길을 걸어 부인의 친구 집을 찾았다. 사고 이후 처음 피아노 앞에 앉으니 마치 오랫만에 연인을 만난 것처럼 가슴이 설레었다. 나는 건반 위에 손가락을 올리고 천천히 음을 짚었다. 혹시나 걱정했던 손가락의 감각이 서서히 되살아나는 게 느껴졌다. 자칫 무산될 수도 있었던 카네기 홀 데뷔의 꿈이 다시금 피어오르기 시작했다.

펜실베니아 숲속 오두막에서 보낸 3개월의 시간이 없었더라면 음악을 대하는 나의 가치관도 지금과는 많이 달라졌을 것이다. 자연과 더불어 살다보면 우리의 삶의 흐름을 재확인하게 된다. 지금도 나는 내 작은 정원에서 사계절을 자연과 함께 지낸다. 봄이면 형용하기 힘든 자연의 색채가 그 나름의 자태를 보여준다. 땅에서, 나뭇가지에서 푸른색, 분홍색, 노란색 등등 자기 고유의 존재감을 보여준다. 이 얼마나 자랑스럽고 자신 있는 표현인가. 여름엔 마음과 육체를 식혀주는 나무 그늘이 있으며 무성한 나뭇잎들은 압도적으로 빈약한 인간의 큰 지붕이 되어준다. 가을이면 가을대로 반성과 사색을 하게 되고 지난날들의 일들을 되돌아보게 한다. 겨울은 그저 춥기만 한 고통의 시기가 아니라 곧 돌아올 봄을 꿈꾸며 환상과 희망을 되찾으려고 준비하는 계절로 새로운 마음을 갖게 한다.

이토록 사계절 자연과의 만남은 정말 귀한 것이고 삶의 꿈을 만들어준다. 나는 봄이면 꽃을 심고 가꾼다. 많은 시간을 꽃과 대화하는데 그들도 내 말을 알아듣는다. 이것이 음악이다. 사랑은 말로만 표현되는 것이 아니라 마음의 교제가 중요하다.

숲속 오두막에서 자연과 대화를 나누고 나니 위대한 음악가들의 작품이 새롭게 다가왔다. 숲을 거닐며 비발디가 사계Four Seasons의 선율을 떠올릴 때 어떤 느낌을 가졌는지, 베토벤 교향곡 제6번 Pastorale와 월광소나타, 드비쉬Debussy의 La Mer, Grieg의 Peace of the woods 등등 위대한 음악가들이 얼마나 자연을 사랑했으며, 얼마나 자연의 소리를 자신의 작품에 담으려고 노력했는지 가슴으로 느껴졌다.

자연을 사랑하는 사람은 전문적인 음악가가 되지 않더라도 음악을 사랑하는 넓은 의미의 음악인이 되기 마련이다. 자연의 소리 속에 우리는 마음의 안정을 찾으며, 음악을 들으며 심리적 불안을 해소한다. 바로 음악 치료가 가능한 것은 이러한 음악이 자연의 소리이기 때문이다. 음악 역사상 베토벤이나 슈베르트 같은 음악가들은 모두가 고독한 인생을 살았으나 오히려 그 과정을 받아들임으로써 자연을 더 음미하고 수백 수천의 아름다운 선율을 남겼다. 음악은 자연의 아름다움이 그대로 음으로 표현된 것이고, 그 음악 표현은 우리가 순수하고 고귀하게 받아들여 공감하는 매개체이다.

오두막에서 지낸 3개월 동안 나의 몸과 마음은 새롭게 태어날 수 있었다. 연습실이 있는 뉴욕으로 떠나기 위해 짐을 챙겨놓고 숲속 오솔길을 천천히 걸었다. 이곳에 다시 올 수 있을까. 나의 친구가 되어 대화를 나누었던 친구들은 계속 자연 속에서 자신들의 삶을 이어가겠지. 그리고 나는 마음속으로 약속했다. 모든 자연의 아름다움을 잊지 않을 것이라고.

카네기 홀

1964년 9월 29일 카네기 리사이틀 홀. 전속 기획사인 칼픽스 레코드사의 뉴욕 리사이틀 associate 매니저가 상기된 얼굴로 대기실 문을 열었다.

"옥수! 객석이 꽉 찼어요."

매니저도 다소 흥분한 모양이었다. 나는 덤덤하게 미소를 지었다. 그 의미를 알아차렸는지 매니저는 조용히 대기실 문을 닫고 나갔다. 만일 교통사고가 없었더라면 좀 더 일찍 카네기 홀 무대에 섰을 것이다. 하지만 후회나 아쉬움은 없었다. 오히려 다행이라는 생각마저 들었다.

교통사고를 극복하고 다시 데뷔 무대에 오를 수 있었던 데에는 한미재단American-Korean Foundation과 톨스토이재단의 후원이 큰 힘이 되었다. 한미재단은 데뷔 무대를 주최하였던 것은 물론 한국 주미 대사관 직원들까지 적극적으로 나서서 지원을 할 수 있도록 주선해 주었다. 톨스토이재단은 러시아의 대문호 톨스토이를 기념하기 위해 만들어진 재단으로 문학은 물론 예술 분야에 대한 적극적인 지원을 아끼지 않았다. 톨스토이재단으로부터 받은 장학금은 내가 어려움을 극복하고 무사히 데뷔 무대를 가질 수 있는 밑거름이 되어주었다. 특히 재단을 책임지고 있던 톨스토이의 따님이신 알렉산드라 톨스토이 여사는 나의 데뷔를 축하하는 축전을 보내주기도 했다.

15분 후면 무대에 오른다. 나는 눈을 감고 호흡을 가다듬었다. '한국인 피아니스트 최초의 카네기 홀 공연' 언론에서는 공연 전부터 요란한 찬사를 보냈다. 하지만 나에겐 한국인 최초라는 타이틀보다 중요한 것이 있었다. 만일 교통사고를 당하지 않고 예정대로 순탄하게 무대에 올랐다면 어땠을까? 아마도 각종 매스컴과 주변 사람들이 보내는 찬사에 스스로 취해 나 자신을 냉정하게 바라보지 못했을 터였다. 그날의 공연은 언론의 보도처럼 한국인 최초라는 의미도 있었지만 나에게는 알을 깨고 새로운 세계로 한 발을 내딛는 시작으로서의 의미가 더 강했다. 형용할 수 없는 아픔의 고통과 이어지는 좌절감, 슬픔은 물론 생사를 오가는 경험을 통해 더욱 강해졌고 무엇보다 자연과의 교감을 통해 나의 음악은 달라지고 있었다. 그것은 논리적인 언어로는 설명할 수 없는 영감과 같은 것이었고 자연의 소리, 요동치는 생명의 맥박으로부

▲ 카네기 홀 데뷔 무대에서 뉴욕
리사이틀 매니지먼트 관계자와 함
께한 사진.

▶ 카네기 홀 데뷔 무대 홍보 포스터.

OK
SOO
HAN

CARNEGIE
RECITAL HALL
SEPT. 29, 1964
TUES. EVE. at 8:30

터 예술적 창의성이 분출하는 경험을 해본 사람만이 이해할 수 있는 '예술혼', 바로 그것이라 생각한다.

나는 대기실 의자에 앉아 눈을 감은 채 꼼짝도 하지 않았다. 오로지 내 심장에서 들려오는 소리에 귀를 기울였다. 서서히 맥박이 온몸으로 퍼져가는 것이 느껴졌다. 문득 유치원 시절 첫 무대에 올랐던 때가 떠올랐다. 여섯 살 피아노 신동으로 불리던 그때 나는 첫 무대에서 Bayer 80번을 연주했었다. 아버지께서 재단사에게 특별히 주문하여 손수 입혀주신 드레스를 입고 무대에 올랐던 그때, 비록 어린 나이였지만 막연하게나마 피아노는 나의 운명이라는 예감을 했었다. 그리고 이제 카네기 홀 무대에서 새로운 음악 인생의 첫발을 딛게 된 것이다.

시간이 얼마나 흘렀을까. 15분간의 짧은 시간이었지만 어느새 긴장감은 사라지고 내 마음은 편안한 상태가 되었다. 이후에도 수많은 연주를 하면서 무대에 오르기 전 15분은 반드시 숨고르기를 한다. 제자들과 후배들에게도 이러한 습관을 들이라고 권하곤 한다. 특히 무대공포증이 심한 연주자라면 꼭 이 습관을 갖는 게 필요하리라고 본다. 무대에 오르기 전에 맥박수를 적게 함으로써 심장의 부담을 줄이면 긴장이 풀리는 것은 물론 무대에서 연주할 곡을 한 번 더 몸으로 체화시킬 수 있기 때문이다. 작은 규모의 공연이든 카네기 홀처럼 큰 무대이든 연주자는 우선 자신의 내면의 소리와 마주해야 한다. 또한 연주자는 객석에 앉아 있는 청중들과 소리를 통해 교감할 수 있어야 하며, 청중이나 무대의 규모에 압도되어서는 안 된다. 그러기 위해서 무대에 오르면 객석 뒷좌석의 청중들을 바라보며 대화를 나누듯이 연주를 이어가야 한다. 나의 경험으로 비추어볼 때 그러한 자세와 마음가짐을 가지면 연주자로서 가장 안정감을 찾을 수 있고 작품의 명확성과 작품에 대한 자신만의 창의적 해석이 가능해진다.

천천히 무대로 들어섰다. 청중들의 박수 소리가 홀 전체로 퍼졌다. 머나먼 고국에서 마음 졸이고 계실 그리운 부모님의 얼굴이 떠올랐다. 그리고 너무나 아쉽게도 노환으로 그 자리에 참석하지 못한 에드워드 스토이어만 교수님의 음성이 뇌리를 스쳤다. 병원 신세를 지고 있을 당시 고령에도 불구하고 두 번씩이나 병문안을 오셔서 나에게 용기를 주셨던 분. 건강이 허락하셨다면 객석 맨 앞자리에서 대견스러운 눈빛으로 나의 데뷔 연주를 지켜보고 계실 스토이어만 교수님. 그분을 생각해서라도 오늘의 무대를 생애 최고의 연주로 장식하리라 마음먹었다.

건반에 손을 얹었다. 손가락 끝으로 맥박이 느껴졌다. 바흐J.S. Bach의 파르티타Partita. 바로크 시대를 풍미했던 거장 바흐가 나의 손가락을 통해 대화를 건네는 것만 같았다. 첫 음을 건넸다. 청중들의 맥박과 나의 맥박이 한데 어우러지는 것이 느껴졌다.

데뷔 무대에 올릴 곡으로 바흐를 선택한 것은 나름 이유가 있었다. 바흐의 곡은 연주자의 절대적인 프로그램 중 하나이기도 했고 연주자의 창의성을 발휘하기에 가장 적합하다고 생각했기 때문이었다. 바로크 시대의 음악을 현대 피아노로 연주하기 위해서는 연주자의 새로운 해석이 반드시 필요하다. 나는 데뷔 후 대부분의 독주회 때마다 고전 음악을 대표하는 곡으로 바흐의 작품을 넣었다. 60년대 당시 흐름도 그랬지만 내가 유달리 바흐를 좋아하게 된 데는 남다른 사연이 있었다. 그 사연에 대해서는 뒤에서 서술하고자 한다.

데뷔 무대의 마지막 곡이 끝났다. 연주를 마치고 건반에서 손을 내리는 순간 이마에 맺혔던 땀방울이 후두둑 떨어져 드레스를 적셨다. 객석에서는 엄청난 박수 소리가 터져나왔다. 순간 많은 생각들이 파노라마 영상처럼 흘러갔다. 교통사고의 후유증을 극복하고 이 무대에 오르기 위해 참아내야 했던 일들이 떠올랐다. 혹시나 손가락의 감각이 무뎌지지 않았을까 노심초사하며 더 많은 시간을 연습에 몰두했던 기억, 엉덩이에 검은 반점이 생길 정도로 깨어 있는 시간 전부를 피아노 연주에만 쏟아 부었다. 체력을 보충하기 위해 평소 즐겨먹지 않던 고기를 억지로 먹기도 했다.

연주가 모두 끝났는데도 청중들의 갈채는 계속되었다. 몇 차례의 커튼콜이 이어지고 나는 진심 어린 마음으로 청중들이 보내주는 찬사에 인사로 답했다.

"옥수! 대 성공이야."

대기실로 돌아오자 지인들이 환호를 보내며 내 주변으로 모여들었다. 기자들도 연신 플래시를 터트리며 질문을 퍼부었다.

그것은 피아니스트로서 세계 각국의 무대로 향하는 첫걸음이기도 했다. 나는 마음속으로 스스로에게 격려의 말을 건넸다.

'한옥수! 잘 견뎌냈어. 이제 더 잘할 수 있을 거야.'

평론가들은 하나같이 '타고난 음악적 천재성'를 발휘한 무대였다며 'Authentic Mind진정한 정신' 등의 표현으로 평가해 주었다. 불과 일 년 전 교통사고로 공연 자체가 불투명하다는 기사를 내보냈던 언론들 역시 나의 카네기 홀 데뷔 공연을 대서특필하면서 극찬을 아끼지 않았다. 뉴욕타임즈는 다음과 같은 평을 주요 꼭지로 실었다.

"She is a performer who feels each notes so keenly and she communicated her feeling with great pianistic power."

음 하나하나를 예리한 느낌으로 표현하는 연주자로서, 그녀는 위대한 피아니스트의 파워로 자신의 느낌을 청중에게 전달하였다.

- The New York Times -

수많은 사람들이 나의 카네기 홀 데뷔 무대를 축하해주었지만 특별히 감사를 표현해야 할 두 분이 있다. 우선 나의 스승이신 에드워드 스토이어만 선생님을 빼놓을 수 없다. 아마도 스토이어만 선생님은 나의 데뷔를 자기 일처럼 기뻐하셨을 것이다. 예정되었던 데뷔 공연이 교통사고로 취소되고 실의에 빠져 있을 때 노구를 이끌고 병원으로 찾아와 나를 위로하시던 그분의 모습을 지금도 잊을 수 없다. 스토이어만 선생님은 나에게 피아노만을 가르치신 것이 아니라 어떠한 자세로 인생의 굴곡을 견뎌야 하는지를 몸소 보여주신 분이기도 하다. 고령의 연세에 지병으로 고생하시면서도 제자 앞에서 늘 당당한 모습을 보여주었고 병실에서 실의에 빠져 눈물로 세월을 보내는 제자를 마치 아버지처럼 보듬어주셨던 분이기도 했다. 그런데 아쉽게도 스토이어만 선생님은 나의 데뷔 연주를 보시지 못했다. 사고 후 약 14개월, 내가 건강을 회복하는 동안 선생님은 지병이 깊어져 외출을 하실 수 없는 지경이 되었기 때문이다. 그렇게 고대하던 제자의 무대를 직접 보여드릴 수 없었다는 것이 지금도 아쉬움으로 남는다. 내가 카네기 홀 무대 이후 유럽 등지를 돌며 연주 활동으로 바쁜 일정을 보내는 동안 스토이어만 선생님의 건강은 더욱 악화되었고 얼마 후 결국 운명하시고 말았다. 그분을 보내며 나는 내 생애 가장 큰 슬픔과 회한을 경험하였다. 줄리어드를 찾아가 설레는 마음으로 오디션장에 들어설 때부터 돌아가실 때까지 함께했던 기억들을 떠올리면 지금도 그분의 표정과 목소리가 마치 파노라마처럼 나의 마음을 채운다.

내가 마음속으로 깊이 감사하고 있는 또 한 분은 한국 음악에 커다란 족적을 남기신 안익태 선생님이다. 한국의 음악인으로서 안익태 선생님을 마음으로 존경하지 않는 사람은 없을 것이다. 나 역시 한국 음악을 세계에 알린 안익태 선생님을 평소 존경해 오고 있었다. 그런데 나의 데뷔 소식을 접하신 선생께서 축전을 보내오셨다. 유럽에서의 일정 때문에 당일 연주회에 직접 올 수 없어 아쉽다는 말씀과 함께 한국인으로서 자부심을 갖고 활동하라며 일정을 마치면 뉴욕으로 가서 직접 만나보고 싶다는 소식을 전해오셨다. 비록 나의 데뷔 공연장에는 계시지 않으셨지만 나는 마치 안익태 선생님이 객석에 앉아 나를 응원하시고 계시다는 느낌을 가졌다. 카네기 홀 무대를 마치고 얼마 후 안익태 선생님은 약속을 지키셨다. 미국으로 오실 때 일부러 짬을 내어 뉴욕으로 건너와 나를 찾아오신 것이었다. 선생님은 나에게 저녁을 사주시며 늘 한국인으로서의 자부심을 잊지 말라고 당부하셨다. 지금도 안익태 선생님을 생각하면 감사의 마음과 안타까운 마음이 교차한다. 안 선생님은 누구보다도 우리 민족을 사랑하신 분이었다. 애국가를 작곡하고 한국환상곡으로 한국을 세계에 알리는 데 역할을 하신 분이 아니던가. 한국인으로 세계인이 존경하는 음악가로 우뚝 서신 분이었지만 정작 고국에서는 그에 합당한 대접을 받지 못했다. 새삼 안익태 선생님이 겪어야 했던 일들을 여기에서 구구절절이 늘어놓고 싶지는 않다. 다만 당시 한국의 음악계가 얼마나 편협하고 폐쇄적이었는지는 안익태 선생님의 삶을 통해 느낄 수 있었다.

카네기 홀 데뷔 무대는 피아니스트로서 시작이자 도약의 발판이었다. 데뷔 이후 세계 각지에서 초청 공연을 해달라는 요청이 쇄도하여 세계 각국을 다니는 투어가 시작되었다. 그야말로 연주 준비 외에는 다른 데 신경을 쓸 수가 없었다. 연주 여행도 순탄한 것만은 아니었다. 어떤 때는 한번 연주 여행에 나서면 5~6회 연주회를 갖게 되는데 캐나다에서는 수상비행기를 자주 이용하기도 했다. 날씨 관계로 항공 일정이 지연되어 연주 시간을 앞두고 촉박하게 도착할 때도 있었다. 이런 경우 비행기 안에서 연주복을 갈아입고 연주회 장소로 직행해야만 했다. 바쁜 일정이지만 여행 중에도 연습을 하기 위해 건반만 있는 무성피아노를 사용하였다.

연주 여행은 결코 화려하지 않다. 영국, 프랑스, 독일, 네덜란드, 오스트리아, 스페인 등 관광 명소에서 열리는 유럽 연주에서도 연주회 이외는 시내를 구경할 시간도 없었다. 매니지먼트사가 기획한 스케줄대로 움직이다 보니 비행 시간, 자는 시간, 연주 시간 등 모든 것에 틈이 없는 그야말로 고단한 연주 일정이었다. 연

ARTISTS LIST 1966 / 67

ERIC **SEMON**

associates   a division of
Summy Birchard Company

ANTHONY di BONAVENTURA   Pianist

"*Shining virtuosity.*" —New York Times

"*He is the sort of stage personality
that rivets attention upon him.*"
—N. Y. Herald Tribune

OK SOO HAN   Pianist

"*She is a performer who feels each
note so keenly and she communicated
her feeling with great pianistic power.*"
—New York Times

WALTER HAUTZIG   Pianist

"*It would be an excellent idea if
every young pianist would take the
time to listen to Mr. Hautzig, because
it was playing both remarkable and
rare.*"   —Alan Rich, N. Y. Herald Tribune

JAMES MATHIS   Pianist

"*A lustrous, new star was added to
the ever-widening firmament of but-
ton-bright young American pianists
last night with the debut of James
Mathis.*"   —N. Y. Herald Tribune

GYORGY SANDOR   Pianist

Winner of the "Grand Prix du
Disque" for his recording of the entire
piano repertory of Bartok. Soloist at
the World Premiere of Bartok's Piano
Concerto No. 3 with the Philadelphia
Orchestra under the direction of Eu-
gene Ormandy.

ALEXANDER UNINSKY   Pianist

"*Uninsky possesses that rare pianis-
tic gift of technical brilliance combined
with a singing tone.*" —Philadelphia Inquirer

"*A pianist of extraordinary techni-
cal finesse . . . varied his color con-
stantly.*"   —New York Times

Epic and Philips Records

주자라면 누구나 연주 생활의 애환을 알 것이다. 기계처럼 움직이는 스케줄 속에서 잠시나마 안도하는 평온의 시간은 역시 무대에 나가 피아노 앞에 앉았을 때이다. 그 순간만은 마음이 단순해지며 평안함을 갖게 된다.

유럽 등 각국에서 연주가 열릴 때마다 현지 언론들이 극찬을 쏟아내었다. 고단한 일정을 소화하느라 피로가 쌓이기도 했지만 다음 날 연주평이 실린 신문을 받아보면서 기운을 얻을 수 있었다. 당시 언론에 실린 평을 소개하면 다음과 같다.

"Delicacy in Chopin. Feeling for keyboard colour. She uses her natural assets and in particular her feeling for keyboard colour."

건반 음색의 감동, 쇼팽의 진수를 보여주다.

그녀는 천부적인 재능으로 피아노 건반의 음색의 특별한 느낌을 선사했다.

— The Daily Telegrap, London —

"She can add an ethereal quality from her natural musicality without interfering with the artistic form of the music."

음악 형식에 얽매이지 않은 그녀의 천부적 음악성에 천상의 품격

92

을 더하였다.

- Die Welt, Berlin -

"Especially her Bach interpretation was in the shadow of several Bach musicians who were born considerably nearer to Leipzig(where Bach was born)."

특히 그녀의 바흐 음악 해석은 바흐의 고향인 라이프치히 지방에서 태어난 바흐 뮤지션의 전통을 이어받았다.

- Het Vaderland, Hague -

"Miss Oksoo Han incontestably is a great instrumentalist and she certainly has great musicianship."

한옥수의 연주는 의심할 여지없이 훌륭했으며 그녀는 탁월한 음악성의 소유자이다.

- Algemeine Handelsblad, Holland -

"...... has a way of making every intricate passage look and sound easy, which of course is the true stamp of a virtuoso."

……난해한 패시지들도 아주 편안하게 연주하는데 이는 물론 거장virtuoso만이 가진 특징이다.

- Prince Albert Daily Herald, Canada -

나를 키워준 피아노

진정한 음악인이라면 자기 자신을 가장 가혹하게 대할 수 있어야 한다고 생각한다. 타고난 성격 탓도 있겠지만 콩쿠르 심사를 할 때도 나는 가장 까칠한 심사위원으로 통한다. 제자들도 내가 없는 자리에서 호랑이 교수님이라는 별명으로 부른다고 한다. 하지만 그러한 평가를 받는 것이 결코 싫지 않다. 다른 사람의 연주를 냉정하게 평가하기 위해 나는 스스로를 가장 혹독하고 냉정하게 대해왔다. 모든 분야가 마찬가지겠지만 특히 연주자에게 자기만족이나 과찬은 퇴보를 의미하기 때문이다.

카네기 홀 데뷔 무대를 마치고 나 자신에게 칭찬의 말을 건넨 것은 연주에 만족했기 때문은 아니었다. 죽음의 문턱에서 내 인생의 전부라고 생각했던 음악을 포기해야 하는 상황이었음에도 스스로를 채찍질했던 노력이 대견했기 때문이었다. 그만큼 나는 스스로에게 매우 엄격한 편이었다.

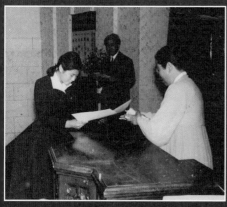

왼쪽 위는 어린 시절 어머니와 함께 찍은 사진.
오른쪽 위는 피아노에 소질을 보이기 시작한 어린 시절의 한옥수.
왼쪽 아래는 이화여자대학교 콩쿠르에서 김활란 총장으로부터 상을 받는 모습.
오른쪽 아래는 이화여자대학교 재학 시절 연주회에서 지휘자인 임원식(맨 왼쪽),
은사인 신재덕 교수(가운데 김활란 총장 오른쪽)와 함께.

천성적으로 입에 발린 소리를 싫어하고 조금이라도 문제점을 발견하면 직설적으로 표현하는 나의 성격 때문에 손해를 본 적도 많다. 대인 관계에서도 본의 아니게 오해를 받은 적도 있었다. 만일 내가 음악인의 길을 가지 않고 비즈니스 계통에 종사했더라면 실패로 점철된 삶을 살았을 것이다. 하지만 예술가로서, 한 사람의 음악인으로서 까칠하게 살아온 나의 삶을 나는 사랑한다.

나의 성품은 부모님으로부터 물려받은 선천적인 요인도 있지만 많은 부분은 환경적인 영향으로 형성된 측면이 강하다. 어린 시절부터 오로지 피아노를 벗 삼아 지내다보니 그 과정에서 나의 성품이 자리 잡은 것이라 생각된다. 피아노는 거짓말을 하지 않는다. 피아노는 에둘러 적당히 이야기하는 법이 없다. 손가락의 미세한 터치도 어김없이 읽어내며 연주자의 심리 상태까지 정확히 표현해낸다. 어쩌면 나의 성격 또한 피아노를 닮은 것이 아닌가라는 생각이 들 정도이다. 유치원에 들어가기 전부터 피아노는 나의 가장 절친한 친구였으며 삶의 방향을 제시해주는 멘토였다. 그러므로 나의 성격 또한 피아노를 닮게 된 것은 어쩌면 당연한 일인지도 모른다.

피아노를 처음 시작한 것은 다섯 살 때였다. 축음기에서 흘러나오는 하이든의 시계교향곡을 듣고 시계 소리를 연상했을 만큼 남달리 소리에 민감했던 나에게 피아노를 권한 건 아버지였다.

해방 전이었던 당시 처음 나에게 피아노를 가르쳐주신 분은 일본인 선생님이었다. 당시의 기억은 거의 남아 있지 않지만 매우 친절하고 자상하게 나를 대해주셨던 것 같다. 그 후 한국인 선생님을 소개받아 매일 선생님 댁으로 찾아가 레슨을 받았다. 러시아에서 피아노를 공부하셨다는 선생님은 매우 엄하고 무서웠다. 선생님은 한쪽 다리가 짧은 장애를 가진 분이셨는데 그마저도 나에겐 두려움으로 다가왔다. 무표정한 얼굴로 나를 피아노 앞으로 안내하시던 모습이 지금도 어렴풋이 생각난다. 어머니는 선생님 댁으로 레슨을 갈 때마다 내 주머니에 알사탕을 넣어 주셨다. 만일 그 알사탕이 아니었다면 무서운 선생님을 만나러 가는 길이 더욱 괴로웠을 것이다. 지금 생각해보면 당시 선생님은 나에게 음악을 대하는 자세를 심어주고 싶으셨던 것 같다. 그리고 연주의 기교보다는 피아노 소리를 진지하게 느낄 수 있도록 하셨던 것 같다. 많은 곡을 배웠지만 베토벤의 minuet in G를 배울 때가 생각난다. 그 곡을 연주하시는 선생님의 뒷모습이 왠지 슬프게 느껴졌다. 마치 절뚝거리며 어디론가 끌려가는 소의 발걸음을 보는 듯한 느낌이었다. 무섭기만 하던 선생님의 어깨가 그날따라 처량해 보였다. 지금도 베토벤의 minuet in G를 들을 때면 성함조차 기억할 수 없는 선생님의 처진 어깨가 떠오르곤 한다.

해방이 되고 초등학교에 입학한 후에는 성악가 이인범 선생의 동생이신 이인영 선생님께 피아노를 배울 수 있었다. 흡사 링컨

대통령과 비슷한 인상을 가지신 선생님은 말씀이 없으시고 무뚝뚝하셨지만 곡의 의미를 설명해주실 때에는 매우 꼼꼼하신 편이었다. 한국 전쟁이 터지는 바람에 부득이 선생님과 더 이상 함께할 수 없었던 것이 아쉬움으로 남는다.

숙명여자중학교에 입학하던 해에 한국 전쟁이 터졌다. 아직 어린 나이였기에 전쟁이 어떤 의미인지 알 수 없었다. 그저 나와는 상관없는 사람들의 일이라고만 생각했다. 사업가이신 아버지 덕분에 아무 부족함 없이 살아왔으므로 세상 돌아가는 일에는 관심을 가질 필요조차 느끼지 못했다. 전쟁 발발 며칠 후 우리 가족은 피난길에 올랐다. 짐을 꾸리고 집을 나서는 과정에서도 나는 피난을 그저 가족 여행 정도로 생각했던 것 같다. 심리적으로 어떠한 위급함도 불안감도 느끼지 않았다. 그것은 내가 철이 없는 어린 나이였기 때문이기도 했지만 돌이켜보건대 부모님의 특별하고 세심한 배려가 있었기 때문이었던 것 같다. 부모님은 눈에 넣어도 아프지 않았을 무남독녀 외동딸이 혹시라도 두려움에 떨까 노심초사하며 표정하나 말씀 한 마디에도 조심하셨을 터였다. 부산으로 피난을 가는 여정이 결코 쉽지는 않았을 텐데 나에게는 피난길에 대한 별다른 기억이 남아 있지 않다. 다만 남쪽으로 이어지는 길을 따라 커다란 짐을 이고 진 사람들이 줄지어 가던 모습이 간간히 떠오를 뿐이다. 이 또한 부모님의 배려 때문이 아닐까 한다. 나중에 성인이 되고서야 당시에 목격한 것들이 우리 민족이 겪어야 했던 매우 비극적이고 중요한 사건이었다는 것을 알게 되었다. 그러한 의미에서 나는 부모님께 그리고 전쟁의 과정에서 희생과 고통을 치른 사람들에게 빚을 지고 있는 셈이다.

부산 피난 시절에는 모든 것이 열악했다. 그래도 피난민 학생들을 위한 연합 학교가 개설되어 학업을 계속할 수 있었던 것은 다행스러운 일이었다. 다른 피난민의 삶에 비하면 나는 풍족한 생활을 했다. 그러나 정도의 차이는 있었지만 나 역시 피난 생활이 그리 녹록하지는 않았다. 무엇보다도 피아노를 가지고 피난을 갈 수는 없었으니 연습을 할 수 없는 상황이 되었다는 게 문제였다. 하지만 그곳에서도 길은 있었다. 내가 부산 피난 시절에도 피아노를 쉬지 않고 할 수 있었던 것은 전적으로 어머님 덕분이었다. 어머니께서는 아는 사람도 없는 낯선 부산에서 수소문을 한 끝에 피아노가 있는 집을 찾아내셨다. 마침 인근 동네에 피아노를 배우는 학생이 있다는 것을 알고 그 집에 양해를 구해 우선 임시로 피아노를 칠 수 있도록 해주셨다. 피난 기간이 길어지자 모교인 숙명여고에서는 초량 근처 언덕배기에 임시 학교를 개교하였다. 학교 천막 교사에 그랜드 피아노 한 대가 있었는데 그 소식을 듣고 얼마나 기뻤는지 모른다. 수업을 마치면 하루도 빠지지 않고 천막에서 연습을 하였다. 그런데 겨울철로 접어들었는데도 난방 시설이 없어 그마저도 하기 어려워졌다. 추위에 떨면서 연습을 하다보면 손가락이 시려오고 급기야 손이 곱아 손가락을 움직이기 어려울 정도가 되면 주먹을 쥔 상태로 건반을 누르기도 했다. 그럴 때면 서울 집이 사무치게 그리워지곤 했다. 학교에서 연습을 마치고 부산 초량의 언덕길을 내려오는 길이면 늘 군밤 장수 아저씨가 고소한 군밤을 연탄불에 굽고 계셨는데 따끈따끈한 군밤을 사먹었던 기억이 난다. 부산 피난 시절 나의 유일한 즐거움이 있다면 바로 그 군밤의 맛이 아니었을까. 피난 초기에는 유성천 선생님께 그리고 중학교 2학년 때부터는 이화여대의 신재덕 선생님으로부터 레슨을 받았다. 특히 신재덕 선생님은 내가 미국으로 유학을 갈 때까지 함께할 수 있었기에 지금도 그때의 인연을 감사하게 생각하고 있다.

서울이 수복되고 다시 집으로 돌아와 고등학교에 진학하면서 건강이 급격하게 좋지 않게 되었다. 피아노 연습을 하기도 어려울 만큼 체력이 떨어져 무력증까지 올 정도였다. 학교 선생님은 나에게 체력이 많이 소모되는 피아노보다는 미술로 방향을 바꾸면 좋겠다며 그림 공부를 권유하셨다. 어릴 적부터 음악과 미술 모두에 재능을 보였기에 부모님도 선생님의 제안을 받아들이셨다. 덕분에 이화여대 미술대학장을 역임하신 이준 선생님께 잠시 미술을 배울 수 있었다. 사업을 하시면서도 취미로 계속 동양화를 그리셨던 아버지의 유전자를 물려받아서인지 미술에서도 나름 좋은 평가를 받았다. 훗날 교통사고 후 요양을 할 때 그림을 그릴 수 있었던 것도 당시 좋은 선생님께 그림을 배울 수 있었기 때문이 아닌가 한다.

하지만 나의 길은 역시 음악이었다. 숙명여고 2학년에 재학 중이던 1955년 이화여대 콩쿠르에 입상을 하고 다음 해 이화여대 음악과에 수석 입학하면서 나는 본격적인 음악인의 길을 가게 된다. 나름 열심히 노력한 덕분에 대학 시절 KBS 교향악단과 세 차례나 협연을 할 수 있었고 조선일보에서 주최하는 신인 음악회 무대에도 오를 수 있었다.

동양의 작은 나라에서 온 Cotton girl

1960년 이화여대를 수석 졸업 할 때 당시 총장이셨던 김활란 박사님의 부름을 받았다. 총장실로 방문했을 때 그 자리에는 김영의 학장님도 함께 계셨는데 두 분은 평소 나에게 남다른 애정을 베풀어 주시며 늘 격려의 말씀을 해주신 분들이었다. 김영의 학장님께서 수석 졸업을 축하한다는 말씀을 해주시고 김활란 총장님께서 내 어깨를 두드리시며 말씀을 하셨다.

"옥수! 너 미국에 가서 음악 공부를 할 수 있도록 알아보았는데, 석사 학위를 받은 후 모교로 돌아와 후배들을 지도해주기 바란다. 알았지?"

국내에서 석사 과정을 공부하는 방법도 있었지만 두 분께서는 나에게 유학을 권하셨다. 당시만 해도 여자 혼자 유학을 가는 것은 매우 드문 일이었다. 대부분의 동기들은 대학 졸업과 동시에 선을 보고 결혼을 하거나 선도 보지 못하고 남편될 사람이 있는 미국으로 가는가 하면, 안정적인 생활을 위해 교사가 되는 길을 선택하던 때였다. 부모님께서 허락을 하실지도 의문이었다. 하지만 내 마음은 이미 정해져 있었다. 나의 인생 계획서에는 남자와 결혼이라는 단어는 없었다. 굳이 결혼이라는 표현을 해야 한다면 그것은 피아노와의 결혼이 있을 뿐이었다.

"고맙습니다. 기대에 어긋나지 않도록 열심히 공부하고 돌아오겠습니다."

나는 부모님과 상의 절차도 없이 대답을 했다.

유학을 가기 위해서는 문교부지금의 교육부에서 실시하는 영어 시험을 통과해야 했다. 또한 출국하기 전에 각종 신원조회와 소양교육을 이수해야 하는 등 절차가 복잡했다. 정신없이 유학 준비를 하다 보니 어느새 출국 날짜가 코앞으로 다가왔다.

나의 유학길은 논과 밭 사이의 비포장도로를 덜컹거리는 차로 달려 여의도 비행장에 도착하는 것으로 시작되었다. 미국에 가는 것이 지금으로 치자면 달나라에 가는 것만큼이나 두렵고 설레던 시절이었다. 지금의 젊은이들에게 당시의 이야기를 하면 마치 다른 세상의 얘기를 듣는 표정을 짓는다. 빌딩으로 가득한 여의도에 비행장이 있었다는 사실조차 믿을 수 없다는 반응을 보일 정도이니 그동안 많은 것이 변했다는 것을 실감하게 된다. 논밭 사이를 달리는 차 안에서 나는 결심했다.

"한옥수 너는 할 수 있어. 꼭 성공해서 돌아올거야."

아직 어린 티를 벗지 못한 나이였지만 내가 원하는 것이 무엇이며 또 어떻게 이를 헤쳐 나갈지 나름의 각오가 서 있었다.

내가 가게 된 곳은 미국 오하이오주의 신시내티대학교 음악대학원Cincinnati Conservatory of Music이었다. 당시에도 피아노 실기로는 줄리어드 음악학교가 가장 유명했지만 줄리어드에는 그 당시 석사 과정이 개설되지 않았으므로 선택에서 제외할 수밖에 없었다. 학위를 받아 모교에서 학생들을 지도해달라는 김활란 총장님과의 약속을 지키기 위해서는 다른 선택은 할 수 없었던 것이다.

미국에서의 공부는 생각처럼 쉽지 않았다. 우선 영어의 장벽이 너무 높았다. 1950년대 우리나라의 영어 교육 수준이 일본식 교육을 벗어나지 못했던 때였으므로 학창 시절 배웠던 영어는 미국 땅에서 전혀 쓸모가 없었다. 수업을 마치고 기숙사에 돌아오면 주어진 과제를 하기 위해 매일 밤을 새워야 했다. 항상 사전을 옆에 두고 단어를 찾아가며 과제를 하느라 다른 학생들에 비해 서너 배의 시간이 필요했다. 잠들어 있는 옆방 동료들이 깰까 봐 이불을 뒤집어쓰고 중얼거리며 영어 공부를 했다. 그러한 노력 덕분인지 영어 실력은 급속하게 향상되었다.

Olga Conus

▶ 신시내티대학교에서 만난 첫 스승 코너스 교수.

▼ 신시내티대학교 음악대학원 시절의 한옥수. 왼쪽 아래 사진은 당시 콘서버토리에서 연주회 때 찍은 것이다.

영어 못지않게 적응하기 힘들었던 것은 교육 방식이었다. 한국에서는 교수님의 강의를 일방적으로 듣는 것이 수업의 거의 전부였다. 피아노 레슨도 교수님이 시키는 대로만 하면 문제가 없었다. 그러나 이곳에서의 수업은 근본적으로 달랐다. 이론 수업이든 피아노 실기든 자신의 방식으로 표현할 수 있어야만 좋은 평가를 받을 수 있었다. 최근에는 국내에서도 부분적으로 자기주도형 학습이 이루어지고 있지만 당시만 해도 서구식 교육 방식은 난생처음 접해보는 것이어서 충격은 쉽게 가시지 않았다. 특히 수업 시간에 교수님은 현대 음악곡을 많이 소개하는데 난생처음 들어보는 곡을 분석하고 의미를 찾는 방식의 수업은 한국에서는 상상도 할 수 없었던 공부 방식이었다. 과제의 양도 상상하기 어려울 정도로 많아서 밤낮없이 공부에만 매달려야 했다. 가장 인상적인 수업은 '마스터 클래스'였다. 마스터 클래스는 일종의 공개레슨이라고 할 수 있는데 일반적인 레슨과는 달리 공개된 자리에서 학생이 연주하고 교수님이 문제점을 지적해주는 방식이었다. 직접 연주를 하는 학생은 물론 그것을 지켜보는 다른 학생들도 많은 것을 배울 수 있으며 동료 학생의 연주 방식과 자신의 방식을 비교해볼 수 있는 좋은 기회가 되었다. 물론 수업에 대한 부담감은 개인 레슨에 비해 훨씬 클 수밖에 없었다. 나도 처음에는 마스터 클래스를 앞두고 있으면 너무 긴장이 되어 소화가 안 될 정도였다. 그러나 마스터 클래스에 점차 적응하면서 가장 효과적인 음악 교육 방식의 하나라는 생각을 굳히게 되었다. 훗날 한국으로 돌아와 국내 최초로 마스터 클래스를 열게 된 것도 당시의 경험 덕분이었다고 할 수 있다.

1960년 당시에는 한국인 출신 유학생 자체가 매우 드물었던 시절이었고 한국과 미국의 화폐 가치의 차이가 너무 커서 대부분의 한인 유학생들은 경제적으로도 매우 어렵게 지낼 수밖에 없었다. 하지만 나는 부모님 덕분에 경제적인 어려움은 전혀 없었다. 기숙사도 독방을 사용하였고 생활에 필요한 물품을 구매하는 데도 문제가 없었다. 음악 전공자가 가장 가지고 싶어 하는 축음기와 레코드 기기는 물론 타이프까지 구비해놓고 사용하였으니 동료 학생들의 부러움을 받기도 했을 정도였다.

지금 생각해보면 경제적인 어려움을 겪으며 아르바이트와 학업을 병행해야 했던 다른 유학생들에게 미안한 생각이 들 정도이다. 내가 미국으로 떠날 때 부모님은 현금 3000달러를 주셨다. 당시로서는 공식적으로 허용된 돈을 훨씬 넘는 엄청난 거금이었다. 음악 이외에 세상 돌아가는 일에 대해서는 관심이 없었던 나였기에 당시에는 그 돈이 얼마나 큰돈인지 알지 못했다.

경제적으로는 어려움이 없었지만 문화적 차이로 인해 일상생활에서 여러 가지 해프닝을 겪어야 했다. 외국 생활을 오래 하다보면 누구나 고향 음식에 대한 그리움이 사무치게 마련이다. 한창

식욕이 왕성한 젊은 나이여서 그런지 시도 때도 없이 한국 음식이 아른거렸다. 특히 하얀 쌀밥에 김치 한 포기만 있다면 소원이 없겠다 싶었다. 취사는 공동 주방에서만 가능했는데 평일에는 학생들이 많아 엄두를 낼 수 없었고 주말에 동료 여학생들이 데이트를 하러 나간 틈을 이용하여 밥을 지어 먹곤 했다. 진공포장 기술이 없었던 당시였으므로 아쉽게도 김치는 상상도 할 수 없었고 공동 주방에서 냄비에 밥을 지어 김에 싸 먹는 것으로 만족해야 했다. 주말이면 날씬하고 얼굴이 예쁜 학생들은 대부분 데이트 신청을 받고 외출했지만 남자들에게 인기 없는 외모를 가진 학생들은 여전히 기숙사에 남아 있었다. 그 친구들이 몰려와 밥을 먹는 내 모습을 구경하곤 했는데 김을 처음 보는지 왜 종이를 먹느냐며 신기해하기도 했다. 내가 '바다의 풀'이라고 설명해주자 그제야 이상한 표정으로 고개를 끄덕이기도 했다.

　얼마 뒤 어머님은 김치 맛을 그리워하는 딸을 위해 묘안을 내셨다. 통조림 캔에 김치를 담고 뚜껑을 덮은 후 단골 전파사에 부탁해 이음새 부분을 납땜으로 밀폐시켜 소포로 보내오신 것이다. 지금 생각해보면 인체에 해로운 납 성분 때문에 상상도 할 수 없는 일이지만 그때는 획기적인 발명품을 접한 기분이었다. 어머님의 탁월한 아이디어 덕분에 나는 정말 오랜만에 어머니의 손맛이 듬뿍 담긴 김치를 맛볼 수 있었다. 그런데 문제는 마땅히 김치를 보관할 곳이 없다는 것이었다. 밀폐시킨 뚜껑을 여는 순간 김치 냄새가 진동을 하기 때문에 공동으로 사용하는 냉장고에는 넣어둘 생각조차 할 수 없었다. 할 수 없이 바람이 잘 통하는 내방 창문 틈에 김치를 올려두었다. 그런데 얼마 후 사건이 벌어지고 말았다. 4층인 내 방 창가에 올려놓았던 김치통이 잘못되어 아래 잔디밭으로 떨어진 것이다. 설상가상으로 마침 내 방 창 밑 잔디밭을 학장님께서 거닐고 계셨다. 천만다행으로 김치통은 학장님의 어깨를 스치며 바닥에 나뒹굴었다. 얼마나 놀라셨을까? 소식을 전해 듣고 나는 곧바로 학장실로 달려가 사죄를 드렸다. 자초지종을 들으신 학장님은 크게 웃으시며 앞으로는 김치를 공용 냉장고에 보관하라고 말씀하셨다. 냄새가 나지 않도록 잘 포장해야겠지만 만일 그래도 냄새가 난다면 그것은 다른 학생들이 이해해야 할 일이라는 말도 덧붙이셨다. 기숙사에 입주한 학생은 누구나 자신의 문화를 존중받을 권리가 있다는 말씀이셨다. 학장님의 말씀이 눈물겹도록 고마웠다. 단지 김치를 보관할 수 있게 되었다는 것을 넘어 낯선 타향에서 겪어야 했었던 문화적 소외감을 말끔히 해결해주신 것이었기 때문이다. 그 후 학장님은 나의 든든한 후원자가 되어주셨다. 생각해보면 그러한 사건과 충격 덕분에 더 열심히 학업과 피아노 연습에 몰두할 수 있었던 것 같다.

주말에도 부족한 피아노 연습을 하느라 몇 달 동안 강행군을 하다 보니 몸에도 무리가 오기 시작했다. 한번 코피가 터지면 멈추질 않는 것이었다. 수업을 들을 때도, 연습을 할 때도 예고도 없이 수시로 코피가 쏟아졌다. 그렇다고 수업을 빠질 수도 없는 일이었기에 가방 속에 늘 코를 막을 솜을 한 뭉치씩 넣어 가지고 다녀야 했다. 그러다보니 어느새 동료들 사이에서 이름대신 'Cotton girl'이라는 별명으로 불리는 처지가 되었다.

동양의 가난한 나라에서 온 나의 모습이 그들에게는 가련하게 보였을 터였다. 게다가 당시 신시내티대학 전체에서 동양인은 매우 드물어서 나의 존재가 더 부각되었는지도 모른다. 가난한 나라 출신으로 머나먼 타향에서 홀로 생활하는 처지였지만 동료들에게 가련하고 불쌍한 모습으로 비쳐진다는 것은 나의 자존심이 허락하지 않았다. 코피를 흘려가면서도 이를 악물고 최선을 다했다. 그곳에서 믿고 의지할 사람은 나 자신밖에는 없다는 생각을 하면서 손가락 하나하나에 힘을 실었다.

한 학기를 마칠 무렵 학장님께서 나를 부르시더니 놀라운 제안을 하셨다. 청음과 시창 학부 클래스를 맡으라는 것이다. 영어 소통 능력이 많이 향상되었다고는 하지만 수업을 맡아 학생들을 지도할 정도는 아니었다.

"No problem!"

음악을 전공하는 사람들에겐 영어로 듣고 말하는 것보다 음으로 소통하는 것이 더 중요하다는 것이었다. 이어 나를 가리키며 음악적 언어로는 최고라면서 엄지손가락을 추켜올렸다. 학장님은 평소 나를 유심히 지켜보았다며 "옥수에게는 음을 듣는 귀와 악보를 보는 눈이 탁월하다"는 말까지 덧붙이셨다.

　확인해보지는 않았지만 동양인 출신 대학원 1년 차 학생으로서 클래스를 맡아 학생들을 지도한 것은 내가 최초가 아닐까 한다. 학장 선생님의 말씀대로 나의 시창 청음 수업은 성공적이었다. 그 이후 나를 바라보는 동료들의 시선은 부러움과 존경의 눈빛으로 변하게 되었다. 'Cotton girl'이라는 별명 역시 자연스럽게 사라지게 되었다.

　열심히 노력한 결과 예정보다 앞당겨 일 년 반 만에 석사 과정을 마칠 수 있었다. 그리고 또 하나의 좋은 소식은 오하이오주에서 주관하는 Three Fine Arts Foundation 콩쿠르에서 수상하여 장학금까지 받게 된 것이다. 나는 기쁜 소식을 제일 먼저 부모님께 전했다. 애지중지 키운 외동딸이 먼 타국에서 공부를 무사히 마치고 큰 상까지 받게 되었다니 그 기쁨은 말할 수 없이 크셨을 것이다. 그런데 한 가지 걱정이 생겼다. 석사 학위를 받게 되니 더 욕심이 생긴 것이다. 뉴욕의 줄리어드 음악학교에는 세계 최고의 피아니스트이자 오래전부터 존경해온 Edward Steuermann, Sasha Goronitzki, Madame Rosina Lhevinne 세 분의 선생님이 계셨다.

　나의 고민이 시작되었다. 만일 이대로 귀국한다면 그리운 부모님 곁에서 모교인 이화여대 교수로 출강하면서 편하게 살 수 있을 것이다. 그러나 줄리어드에 계시는 세 분의 선생님을 만날 수 있는 기회는 쉽게 얻어지지 않는다. 미국 유학길에 오르면서 세계적인 피아니스트가 되겠다는 다짐을 하지 않았던가. 고민은 나중으로 미루기로 하고 일단 뉴욕으로 날아가 오디션에 참가했다. 결과는 합격이었다. 오디션을 마치고 대기실에서 기다리고 있는데 Edward Steuermann 선생님이 내 이름을 불렀다. 그리고 곧바로 이렇게 말하였다.

"너 언제 뉴욕으로 올 수 있지? 내가 너를 제자로 받겠다."

스토이어만 선생님의 목소리를 확인하는 순간 너무 기쁜 나머지 내 입에서 환호성이 터져 나왔다. 나는 길게 생각할 것도 없이 가급적 빠른 시일 안에 뉴욕으로 오겠노라고 대답했다.

하지만 나의 귀국을 학수고대하고 계실 부모님의 허락을 받아야 하는 일이 남아 있었다. 허락이 쉽게 떨어지지 않을 거라고 어느 정도 짐작하고 있었지만 부모님의 반대는 예상보다 훨씬 강력했다.

"네 고집대로 뉴욕으로 가면 더 이상 부녀 간의 인연은 없어!"

전화기를 통해 전해지던 아버님의 목소리는 평생 한 번도 들어보지 못한 분노의 말씀이었다. 눈물이 왈칵 쏟아지는 바람에 말이 나오지 않았다. 단 한 번도 딸에게 그런 말씀을 하신 적이 없는 분이었기에 그 충격은 더욱 컸다. 한편으로는 아버지의 입장도 이해가 되었다. 애당초 아버지께서는 석사 과정을 마치는 대로 귀국한다는 조건으로 유학을 허락하신 것이었기 때문이다. 게다가 내가 가려고 하는 줄리어드 음악학교는 학위를 따기 위한 것도 아니므로 아버님으로서는 용납하기 어려우셨을 것이었다. 하지만 나 역시 난생처음 아버님의 말씀을 거역할 수밖에 없었다.

"아버지 죄송해요. 하지만 어쩔 수 없어요. 이제부터 제 삶은 제가 살아갈 거예요."

쏟아지는 울음을 억지로 참고 일부러 또박또박 단호하게 말씀드렸다. 아버님도 당신의 말을 거역하는 딸의 목소리는 평생 처음이었을 것이다. 더 이상의 대화는 이어질 수 없었다. 한참 뒤, 어머니가 걱정과 한숨이 섞인 목소리로 전화를 거셨다. 어머니는 언성을 높이시는 대신 차분한 목소리로 말씀을 하셨다. 공부도 좋지만 이제 결혼도 해야 하고 한국에 들어오면 교수 자리까지 마련되어 있는데 굳이 사서 고생할 이유가 있겠냐는 말씀이었다. 당시 한국의 사회적 인식은 여성들이 20대 중반이면 결혼하여 가정을 꾸리는 것을 당연하게 생각하던 때였다. 부모님의 입장에서는 혼기가 찬 딸이 먼 타국에서 혼자 생활한다는 것 자체가 걱정되었을 것이다. 하지만 나에겐 더 큰 꿈이 있었다.

"어머니 저는 피아노와 결혼했어요."

어머니도 더 이상 나를 설득할 수 없다고 생각하셨는지 말씀이 없으셨다. 지금도 그때를 생각하면 부모님께 죄송한 마음에 고개를 들 수가 없다. 하지만 만일 다시 그때로 돌아간다고 해도 나는 똑같은 선택을 할 수밖에 없을 것이다.

아버지는 노여움을 쉽게 푸시는 분이 아니었다. 평생을 사업가로 살아오시면서 한번 정한 원칙은 어떤 일이 있어도 지켜야 한다는 소신으로 살아오신 분이었다. 그분의 원칙은 가족에게도 예외일 수 없었다. 당장 다음 달부터 생활비 송금이 끊어졌다. 확인해보지 않아도 아버지가 그렇게 조치했을 것이었다. 태어나서 한번도 경제적인 어려움을 겪어본 적이 없었기에 정기적으로 송금되던 생활비가 끊어지니 어찌할 방도가 없었다. 그렇다고 어렵게 결심한 줄리어드 행을 포기할 수는 없는 일이었다. 나는 뉴욕으로 떠나기 전 기본적인 옷가지와 필수품만을 남기고 내가 가진 것들을 처분하기로 했다. 비교적 값이 나갈 만한 것은 축음기와 녹음기였다. 음악을 하는 사람에게 축음기와 녹음기는 사치품이 아니라 필수품에 해당한다. 말하자면 나에겐 없어서는 안 될 보물 제1,2호에 해당하는 물건이었던 셈이다. 굳게 마음먹고 두 가지 물건을 포장한 후 집을 나섰다. 물건을 사기로 한 후배의 방 입구에 도착해서도 여러 번 발길을 머뭇거려야 했다. 축음기와 녹음기를 처분하고 밖으로 나서는데 이상하게도 마음이 홀가분해지는 느낌이 들었다. 나 스스로도 놀라운 일이었다. 그동안 친구처럼 정이 들었고 내 몸처럼 아끼던 물건을 처분했는데 서운함보다 후련한 느낌이 들 줄은 전혀 예상하지 못했었다. 생각해보면 그것은 나 스스로의 힘으로 모든 것을 헤쳐나가겠다는 일종의 독립 선언이 아니었을까?

　줄리어드에 도착하자 에드워드 스토이어만 선생님은 반갑게 나를 반겨주었고 나의 본격적인 뉴욕 생활도 시작되었다. 그것만으로도 행복했다. 하지만 뉴욕으로 온 지 몇 달이 지나자 경제적인 어려움은 점점 더 나를 조여왔다. 그만하면 노여움을 푸실 때도 되었건만 아버님은 여전히 마음의 문을 열지 않으셨다. 이런저런 생각이 머리를 복잡하게 했다. 하소연할 곳도 마땅치 않아 난감해하던 차에 어떻게 아셨는지 이모님으로부터 연락이 왔다. 생각지도 않은 행운이 기다리고 있었다. 마침 이모님의 일본 유학 시절부터의 친구가 뉴욕 한국 공사로 재직 중인 남편분과 함께 뉴욕에 계시다며 곧바로 친구분께 연락을 해주셨다. 덕분에 이모 친구분의 도움으로 위기를 넘길 수 있었고 그때부터 이모와 친구분께서 합동으로 아버님 설득 작전에 돌입하게 되었다. 나중에 들은 얘기에 따르면 두 분께서는 번갈아가며 한국의 부모님께 전화를 걸어 내가 얼마나 성실하게 공부에 열중하고 있는지, 줄리어드 음악학교에서 공부할 수 있다는 것이 얼마나 대단한 일인지 열변을 토하셨다고 한다. 결국 원칙주의자이신 아버님은 고집을 접으시고 딸이 원하는 바를 이룰 수 있도록 허락을 해주셨다.

　만일 그때 내가 스토이어만 교수를 포기했었다면 카네기 홀 데뷔도 이루어지지 못했을 것이다. 그리고 나의 음악 인생도 지금과는 다른 모습이 되었을 것이다. 많은 세월이 지났지만 이미 세상을 떠나신 이모님과 그 친구분, 두 분께 감사드린다. 그리고 딸을 믿고 피아니스트의 길을 갈 수 있도록 허락해주신 아버님과 어머님께 감사드린다.

3^부

연주가의 길

음악의 출발은 자연과 생명의 소리

    보고 듣는 것 또는 한 물체의 움직임에서까지 하나의 환상적인 꿈을 꾸며 마음이 한순간에 사로잡히는 것이 예술적 창의성이라고 믿는다면 제멋대로인 것만 같은 자연의 소리, 생명들의 움직임들이 혼돈의 상태에서 일순간 거대한 조화를 이루며 세상의 질서를 만들어낼 때 창의성을 실감하게 된다. 어떤 음악을 감상하다 보면 불현듯 또 하나의 다른 연상을 일으킬 수도 있다. 예술적 창의성은 추상적이고 철학적인 사고를 이끌어내고 오래된 기억과 추억들을 마치 생생한 영화처럼 되살려내는 신비로운 힘을 발휘하기도 한다. 순수 음악은 모든 예술 표현 방식 내지 그 안에 내포된 하나하나의 예술적 가치를 모두 의미하는 것이라고 할 수 있다. 인간의 마음을 표현하는 것이 곧 순수 음악이 가진 창의성이라고 본다면 우리는 많은 연주를 들으면서 음악가의 인간성과 가치관 등 삶의 모든 것을 읽어낼 수 있을 것이며 이것은 인간 본

121

연의 흔적이라고 할 수 있다.

음악에 몰두하던 시절 어느 해 늦은 가을, 우연히 산책을 가는 길에 눈에 잘 띄지 않는 한 모퉁이에 핀 야생화를 목격한 적이 있다. 그 은은한 색채와 생명의 강인함, 환경에 잘 어울리는 아름다움, 이 모든 것에 이끌려 나도 모르게 주저앉아 야생화에게 작은 목소리로 속삭였다.

"외롭지 않니? 추워 보이는구나 하지만 네 모습이 얼마나 나를 행복하게 해주는지 너는 모를 거야."

"Will see you again-and again ."

내 입에서 나오는 목소리가 어느새 하나의 멜로디가 되어 바람에 실렸다. 문득 이러한 과정이 바로 작품을 쓰는 작곡가들의 창의성이 발현되는 계기가 아닐까 하는 생각이 들었다. 어린 시절의 내가 바람에 흔들리는 자작나무를 바라보며 음률을 떠올렸듯이 작곡가들도 자연에서 얻은 영감을 재료삼아 창의적이고 아름다운 작품을 완성해낸다고 생각하니 자연에 존재하는 모든 것들이 소중하게 느껴졌다.

작곡가나 연주자가 창조적인 음악을 만드는 과정은 첫째, 자연의 그 무엇도 보이지 않는 상태에서 일어나는 상대적인 대화를 시도하는 것에서 시작한다. 그리고 스스로를 모든 것을 초월한 상태에서 생각하고 느낄 수 있는 무아의 형태로 만들어가는 과정을 거치게 된다. 그다음 세 번째로 내 마음이 지각할 수 없는 어떤 영적 존재와 대화하는 영혼의 세계를 경험하게 되는데 바로 이때에 음악의 창의성이 발휘되는 것이다.

훌륭한 음악가들은 진정한 음악적 표현이나 음악의 생명을 자연과의 긴밀한 접촉을 갖는 데서 얻는다고 생각한다. 많은 예술 장르가 있지만 음악에는 다른 분야에서는 찾아볼 수 없는 중요한 것들이 있다. 바로 맥박Pulse, 시간Time, 리듬Rhythm이라는 요소이다.

음악의 창의성이나 음악의 표현에서 내가 가장 중요시하는 요소는 우리의 맥박이다. 맥박은 리듬을 동반하며 이 리듬의 기초가 정확하지 않으면 연주되는 음향은 아무런 의미도 없다. 리듬의 정확한 진행과 함께 자기의 느낌을 호소할 때, 창의성도 인정받으며 느낌과 감정을 살아 있는 것처럼 더 정밀하게 전달할 수 있다. 맥박은 바로 생명의 소리이며 그것을 음악으로 표현했을 때 바로 리듬이 만들어지는 것이다. 리듬이나 맥박은 음악에만 존재하는 것은 아니다. 어디에서나 볼 수 있다. 모든 생명체에게는 고유의 맥박과 리듬이 있다. 인간은 물론 진흙 속의 벌레들까지 리듬과 맥박과 시간의 활력을 통해서 생명 활동을 영위한다. 그러므로 시간이라는 거대한 영역에서 각각의 생명들은 자신의 고유한 맥박을 통해 리듬을 창조해내는 것이다.

요즈음 지구 온난화로 인한 기후 변화로 지구 상의 모든 생물들이 리듬과 시간 착오를 일으키며 혼돈을 일으킨다고 한다. 전문적인 생물학자가 아니더라도 우리 주변을 세밀하게 관찰해보면 생명의 리듬이 혼란을 겪고 있다는 사실을 발견할 수 있다. 얼마 전 나도 그러한 경험을 하였다. 창밖 작은 정원에서 때 아니게 매미가 울기 시작하더니 착오를 인정했는지 2~3일 후에는 죽은 듯이 고요해졌다. 그러다가 다시 울기를 계속하다가 결국 생을 마감하는 매미의 모습을 목격하였다. 비록 작은 매미에 불과하지만 주어진 환경에 맞추어 자신의 맥박과 리듬을 표현한 것이 아닐까? 우리 인간도 주어진 환경의 제한 속에서 살아간다. 그 한계를 초월하여 밖으로 시야를 넓혀 우주에서 반짝이는 수많은 별들의 세계를 보며 무한성을 깨닫게 될 때, 우리는 인간으로서 고유한 맥박과 리듬이 살아 있음을 깨닫게 되는 것이다. 그것이 바로 음악이라는 예술로 승화될 때 훌륭한 작품으로 남게 되는 것이다.

연주자의 창의성

연주자로서 음악의 창의성을 구현하기 위해서는 무엇보다도 작품의 개념을 정립하는 것이 필요하다. 음악적 개념이 확실하지 않은 채 연주한다면 아무리 테크닉이 뛰어난 연주라고 해도 기계적인 연주가 될 수밖에 없다. 연주자는 작곡가가 특정한 개념을 작품으로 구현한 곡을 연주한다. 작곡가는 자기의 감정을 악보에 음표 수단으로 기록하고 연주자는 작곡가가 표현한 악보를 통해 작품에 내포된 개념을 찾아 다시 생명을 불어넣을 수 있어야 한다. 작곡가가 표현한 개념을 살아 숨 쉬듯 생동감 있게 표현하는 것이 바로 연주자인 것이다. 즉 작곡가가 만든 작품이 연주자에 의하여 다시 창조되는 것이다. 연주자에게 작품이 오기 전에 작곡가는 자기의 사상과 주관을 무한한 집념으로 그려나갔지만 연주자는 감정적인 반응에서 표현이 부족한 부분을 찾아 다시 고쳐보려고 노력하기 마련이다. 실제로 작품이 연주자나 지휘자에 의해 많이 교정 또는 보충되는 사례가 있다. 그런데 연주자가 자신의 음악적 개념이 확고하지 않으면 작곡가가 작품에서 구현하고자 했던 의미를 제대로 보여주지 못하게 되고 결국 부족한 작품이 태어나게 마련이다.

감정의 표현은 사람에 따라 다를 수 있다. 느낌의 깊이나 체험이 사람에 따라 다르기 때문에 그 표현의 결과도 달라지는 것은 당연하다. 그러나 어떠한 곡이든 본래 추구하는 개념Concept이 있는데 연주자가 그것을 제대로 이해하지 못하고 엉뚱한 방향 제시를 한다면 연주자의 주관성과는 무관하게 실패한 연주가 될 것이다.

한국 학생들에게 부족한 점이 바로 곡의 개념을 이해하고 인식하는 능력이다. 한국에는 피아노를 연주하는 테크닉 면에서는 세계 어디에 내놓아도 부족함이 없는 학생들이 많다. 그러나 국제 콩쿠르에 나가 그 실력을 충분히 인정받지 못하는 경우를 흔히 볼 수 있다. 나는 그동안 수많은 국제 콩쿠르의 심사위원으로 참여하면서 예선을 통과한 한국 학생들이 마지막 고비를 넘어서지 못하여 수상자 명단에서 제외되는 경우를 보았다. 그때마다 너무도 아쉽고 안타까운 마음을 가눌 수 없었다. 그리고 나 역시 교육자의 한 사람으로서 그 책임을 통렬하게 느끼곤 했다. 그것은 학생들의 잘못이라기보다는 그들에게 음악을 가르친 사람들과 한국 음악의 교육 시스템을 만들고 개선시켜야 할 사람들의 책임이라고 생각했기 때문이다. 훌륭한 연주자가 되기 위해서는 악기를 자유자재로 다루고 악보에 기재된 것을 그대로 정확하게 소리로 표현하는 것이 매우 중요하다. 그러나 기교만을 가지고 훌륭한 연주자가 될 수는 없는 일이다. 자신이 연주하는 곡에 내포된 의미와 개념을 모른다면 아무리 테크닉을 발휘한다고 해도 그것은 생동감 있는 연주가 될 수 없다. 경제적으로는 우리에 비해 결코 좋은 환경이라고 할 수 없는 러시아, 헝가리, 폴란드 등의 동구권 출신의 연주자들이 국제 무대에서 좋은 평가를 받고 훌륭한 연주자로 활동하는 모습을 보면서 그들이 한국 학생들과 어떤 점에서 다를까 고민해 보았다. 피아노를 접하는 시기나 연습에 투자하는 시간과 노력 면에서는 한국 학생들이 결코 뒤진다고 할 수 없다. 음악을 할 수 있는 환경 면에서도 한국 학생들은 과거와 달리 매우 좋은 조건 속에 있다. 하지만 한국의 음악 교육 시스템에서 여전히 따라갈 수 없는 한 가지 요소가 있었다. 그것은 생활 속에서 음악을 감상하고 감동을 느끼며 가족, 친지 등 주변 사람들과 함께 공감할 수 있는 기회가 절대 부족하다는 점이다. 동구권 출신 연주자들이 탁월한 연주를 보여주는 것은 그들이 가진 악기가 좋아서도 아니고 그들만의 특수한 훈련 방법이 있기 때문도 아니다. 그들은 오랜 음악적 전통이 살아 있는 공동체에서 태어나서 자라는 동안 늘 수준 높은 음악을 접할 수 있었으며 음악적 감동을 가까운 가족, 친지, 친구들과 공유하면서 토론하고 때론 논쟁하면서 음악을 해석하고 이해하는 능력을 갖추고 있었던 것이다. 그들이 살아가는 주변에는 전문적인 음악인이 아니더라도 함께 음악에 대해 진지한 대화를 나눌 수 있는 사람들이 늘 있다. 좋은 음악회가 열리면 함께 연주를 듣고 자신의 견해를 이야기 할 수 있는 마음의 여유가 있는 것이다.

그런데 한국의 음악 현실은 어떠한가. 음악 전공자나 각별한 음악 애호가가 아니라면 일상생활에서 음악적 감동을 느끼고 함께 공유한다는 것은 거의 불가능한 것이 현실이다. 가령 피아노를 배우는 학생들은 피아노 학원의 커리큘럼이나 레슨 선생님의 지시에 따라 정해진 곡을 반복적으로 연습하는 데 거의 대부분의 시간을 보낸다. 스스로 음악적 감동을 느낄 수 있는 기회는 점점 줄어들고 강요된 연습을 따라가다 보면 피아노 연주는 즐거움이 아니라 일종의 강제적 과제가 되어버리고 마는 것이다. 이러한 현실에서 곡의 개념을 파악하고 소화시켜 감정을 전달하는 창의적인 연주를 기대하기는 어렵다.

내가 미국 롱아일랜드 음대 교수직을 내려놓고 한국으로 돌아와 모교인 이화여대 강사로 학생들을 지도하면서 가장 중점을 둔 것이 바로 이 부분이다. 정해진 곡을 쳇바퀴 돌듯이 반복 연습하는 방식의 수업만으로는 한국 음악이 세계 무대로 진출하기 어렵다는 판단을 했다. 국내 최초로 '마스터 클래스' 수업을 선보인 것도 그 때문이었다. 학생들이 마스터 클래스 수업을 통해 좋은 연

▲▶ 한국일보 홀에서 열린
마스터 클래스를 주관하는
한옥수 교수.

▶ 스페인 사비에르 몬살바헤 콩쿠르에서
마스터 클래스를 주관하는 한옥수 교수.

주를 듣고 판단할 수 있는 귀를 키우게 하고 싶었다. 당시 마스터 클래스 수업의 인기는 가히 폭발적이었다. 그 인기는 나 개인에 대한 것이라고 생각하지 않는다. 한국에서 처음으로 시도하는 방식의 교육이었지만 많은 학생들이 새로운 음악 교육에 목말라 있었다는 것을 방증하는 것이었다고 생각한다. 최근 각 대학과 콩쿠르에서 '마스터 클래스'가 활발하게 열리고 있는 것은 한국 음악의 발전을 위해 그나마 다행스러운 일이다. 하지만 여전히 자라나는 예비 음악인들이 좋은 음악을 쉽게 감상하고 그 감동을 나눌 수 있는 기회는 부족하다. 국제적인 콩쿠르도 더 많이 생겨야 할 것이고 무엇보다도 교육 시스템에 대한 개선이 획기적으로 이루어져야 한다.

문화와의 영적 소통에 의한 음악의 완성

사실 나를 포함하여 음악인들은 말재주를 가진 사람이 드물다. 음악인이 번드르르 말솜씨를 뽐내는 것은 불필요한 일이다. 음악은 보고 느끼고 대응하고 표현하면 되는 것인데, 굳이 말로 구구절절 설명해야 한다면 그것은 음악이 아니다. 간혹 음악인들 중에도 말을 앞세우는 사람들이 있다. 심지어는 쓸데없이 떠들고 혼자 잘난 척하는 사람도 만나게 된다. 그럴 때면 나는 슬그머니 자리를 피한다. 나는 한국에서 생활하며 배운 단어 중에 절제, 중용이라는 말을 좋아한다. 절제와 중용은 음악에서 올라갈 때의 속도와 높이를 미리 예측하고 이를 잘 조정하는 기법과 일맥상통하는 말이라고 생각한다. 즐겁거나 불쾌한 감정적 경험들은 불확실성을 야기시켰다가 그 다음엔 그것을 해결시킴으로 끝난다. 말하자면 복잡한 감정들이 뒤섞여 있다가 어느 순간 카타르시스를 경험하게 하는 것이다. 이러한 음악적 감동은 바로 절제와 중용에서 나오는 것이다. 음악에 의한 감정의 자극은 연주자와 그 양식을 이해하는 청자와의 직접적인 상호 작용으로 이루어진다는 것을 나는 믿는다. 경험 형태는 그 작품의 형태와 유사하기 때문이다. 절제와 중용이 없이 날것 그대로 나오는 소리는 청자와의 상호 작용을 이루지 못하고 일방적인 외침으로 그칠 뿐이다. 한 곡의 완성된 음악은 한 사람의 인생과도 같다. 인격을 갖춘 사람이라면 삶의 굴곡에서 자신의 감정을 그대로 드러내기보다는 참고 절제하면서 타인과 소통하기 위해 노력하듯이 음악 역시 청자와의 소통을 위해 절제하는 노력이 필요한 것이다. 나 자신도 많은 시간이 흐르고 나서야 음악의 개념은 바로 인생에서 지켜야 할 덕목인 중용과 절제 같은 것으로 이해하면 된다는 것을 알게 되었다. 마치 한 사람의 인생처럼 음악에서도 모순과 결점을 여지없이 보여주고 있지 않은가. 그 때문에 순수 음악의 개념이 중요하다. 순수 음악 개념을 깨고 과연 어디서 예술 창작의 근원과 초점을 찾을 수 있을 것인지 의문스럽다.

가끔 나는 미술관에 들른다. 화가 개개인의 작품에 집중하며 스스로 해석하고 이해하려고 애쓴다. 이 과정은 우리가 음악 작품을 듣고 있을 때와 같이 그 작품을 향유하려고 하는 개개인의 사적인 노력이며 체험 그 이상의 것이라고 볼 수 있다. 드뷔시 Debussy는 항상 많은 인상파 화가들을 만나는 것을 즐겼고 결국엔 그 화가들의 작품을 꿰뚫어 볼 수 있는 경지에까지 이르러 자기의 독특한 인상파 음계를 만들어냈다. 드비쉬의 그러한 체험이 바로 현대 음악사에서 '인상파' 음악의 큰 맥을 이룬 것이었다. 그림을 보면서 자기 나름대로의 상상과 대화를 만들어 직접 음으로 체험할 수 있는 세계. 이 얼마나 위대하고 고귀한 삶인가. 자연이나, 그림이나, 사람 하나하나와 주고받는 대화에서 바로 음악적 표현이 이루어질 수 있음을 안다.

드뷔시의 예에서와 같이 좋은 음악인이 되기 위해서는 다른 장르의 예술과 적극적으로 소통하려는 노력을 하여야 한다. 미술, 문학 등 다양한 예술 세계를 경험함으로써 음악의 다양성과 풍부한 감성을 체득할 수 있기 때문이다. 음악인이 다른 장르의 예술가를 만나면 처음에는 다소 소통의 어려움을 느낄 수 있으나 서로 흉금을 터놓고 이야기하다보면 공통된 감성이 있다는 것을 알게 된다. 또한 예술 분야 이외에 역사, 철학, 과학과 같은 분야에도 관심을 두는 것이 좋다.

연주법은 악곡의 해석법과 그 표현법을 말한다고 할 수 있다. 그리고 여기에는 반드시 어떤 기준이 있어야 한다. 아무런 기준 없이 연주한다면 이는 마치 한국말을 잘할 줄 모르는 외국인이 혼자서 한국말을 중얼거리는 것을 듣는 것처럼 지루하고 듣기 힘든 시간이 되기 때문이다. 가령 두 사람이 같은 곡을 연주하는 경우에, 악보에 쓰여 있는 기호와 악상을 세밀히 분석했다면 둘의 연주에는 상당한 공통성을 갖는 것이 정상이다. 이 말은 결국 정반대의 해석법이 나올 수 없다는 이야기와 같다. 연주자가 곡을 해석하여 자신의 것으로 소화하는 과정에서 창의성이 나타나는 것이지만 그 창의성은 원곡에서 추구하는 개념을 충실히 보여준다는 전제하에서만 가능한 것이다.

하나의 연주를 구체적으로 준비하고 스스로 평가하는 과정에서 연주자는 반드시 점검해야할 것들이 있다. 이를 순서대로 보면 다음과 같다.

① 화성음의 전조, 선율 등의 분석
② 테마, 모티브, 코다 등의 형식
③ 프레이징, 아티큐레이션의 처리
④ 특수한 기교법(멜로디나 리듬 형태에 따르는 연주법이 어떻게 처리되느냐 하는 문제)
⑤ 전체적인 내용

자신의 연주를 창의적으로 만들어가기 위해서는 충분한 연습 이외에도 명연주가들의 연주 기록을 가급적 많이 들어보는 것도 도움이 된다. 이 모든 것을 통합하여 하나의 체계를 세울 때 자기만의 독단에서 오는 오류를 미연에 방지하고 진정으로 창의적인 연주를 할 수 있게 된다.

음악 연주는 정신적인 세계를 음의 세계로 재현시키는 것이기에 이 과정은 어느 면에선 음악 외적 요인에 많은 제한을 받는다. 연주자는 음악의 가치관이 그 내용에 달려 있다고 믿고 그 내용과 배경을 더 음미할 수 있어야 하며 음악적 표현이 그 내용을 충분히 불러낼 수 있도록 연주자로서의 사명을 다해야 할 것이다. 이를 위해 다른 예술 분야와 학문 분야에 대한 관심과 소통의 노력이 필요하다.

표제 음악을 예로 들어 이야기해보자. 우리가 그 표제에 대하여 사실은 아무런 지식이나 이해를 갖고 있지 않더라도 전개되는 그 음악 형식에서 음악적 내용을 심리적으로 공감할 수 있다. 만약 공감할 수 없다면 그 음악은 듣는 이에게 아무런 인상도 주지 못하는 것이 된다. 사실 이런 면에서 보면 듣는 이보다 작곡자에게 표제 음악은 더 중요하다고 본다. 왜냐하면 작곡자는 영감을 얻기 위해 더 많은 시적 환상이 필요하기 때문이다. 이를 위해 작곡자는 문학, 역사, 예술, 철학 등 음악 외적인 현상을 관찰해야 되고, 여기서 오는 직접적인 반응을 음악으로 재현시켜 보려고 할 것이다.

베토벤은 오페라 'Fidelio'의 서곡을 작곡하는 데 있어 자신의 음악적 내용을 공감시키기 위해 세 번이나 다시 써서 결국 네 번째 만에 현재 우리가 듣고 있는 그 유명한 서곡으로 완성시켰다. 무의미한 팀파니 소리가 적절한 곳에서 사용되면 힘찬 '혼'을 흔들어대는 효과가 있듯이 실제 사건, 사람 성격, 자연 현상 등이 표현 대상이 되면 이 자체가 직접적으로 묘사되는 것이 아니고, 작곡가에게 주는 '인상'이 표현되는 것이다. 가령 하이든의 시계교향곡에 등장하는 초침은 시계 자체가 아니라 하이든이 새롭게 창조한 시계의 '인상'인 것이다. 쇼팽의 빗방울 전주곡에서 들을 수 있는 빗방울 소리 역시 쇼팽에 의해 예술적으로 창조된 이미지인 것이다. 만일 위와 같은 음악가들이 음악이라는 영역 내에서 문을 닫아걸고 다른 영역에 대한 관심을 끊어버렸다면 그러한 위대한 작품을 남기지 못했을 것이다.

특별히 중요한 작품이 있다면, 이것은 그 작품을 쓴 작곡가와 연주자가 정신적으로 융합하기 때문에 특별한 의미를 갖게 되는 것이다. 연주자의 혼이 그 작품을 더 새롭게 받아들여 그 작품의 작곡가가 느낀 것을 공감함으로써 하나의 새로운 생명이 탄생하는 것과 같다. 다시 말하면 작곡가와 재현 예술가라는 두 사람이 공유하는 출발점의 중심이 중요한데, 결국 양자는 동화되어야만 한다. 가령 베토벤의 곡을 연주하려고 한다면 단지 악보에 적혀 있는 음표만을 이해하려고 할 것이 아니라 베토벤이 살았던 시대와 그가 표현하고자 했던 역사의식이 지금 나에게 어떠한 의미로 다가오는지 생각해볼 줄 알아야 한다.

이를 다음과 같이 요약할 수 있다.

① 작곡자의 감정의 세계, 표현의 세계와 같은 느낌으로 자신

을 인도할 것

② 작곡자의 최초 의지로부터 최종 완성까지 잘 연주하되 기술적이나 정신적 모순점까지도 파악하여 연주할 것

③ 작품에서 느끼는 인상을 잘 연주하여 청중 심리를 정확히 파악할 것

연주는 어디까지나 주관적이어야만 하나 분명히 알아두어야 할 것은 자기 자신의 참여, 자기 개성의 투입, 작곡자와의 동일화, 또 창작자의 감정을 공동 체험할 수 있어야 됨을 기억해야 한다. 연주자는 작곡자와 감상자 사이에 연주라는 매개를 통하여 미적 의미를 전달하는 사람이다. 작곡자는 자기가 전달하고자 하는 내용을 음악 기호로 된 악보로 기술하고 연주자는 악보에 기록된 음악 기호를 해독하여 악기 또는 음성으로 전달 내용을 재현하여 감상자에게 들려준다. 따라서 모든 연주자는 음악 기호에 관심을 두어야 하며 이것은 음악 기호가 메세지 전달 수법의 표식으로서 작품의 형식이나 음악적 mood와 균형을 잘 맞추게 함으로써 연주의 목적을 달성할 수 있기 때문이다.

음악 내에서 다른 장르와의 소통도 중요하다. 특히 연주자라면 전통 음악이나 민속악에 대한 관심과 공부도 필요하다. 세계의 모든 민족들이 자신만의 고유한 선율과 리듬을 가지고 있다. 그

것을 어떻게 발전시키고 살려나가느냐에 따라 세계적으로 독창적인 음악으로 발전시킬 수 있는 기회가 되어 왔다. 좋은 사례로 재즈Jazz를 들 수 있다. 미국의 재즈나 그 종류의 음악들은 역시 니그로Negro, 최근에는 아프리칸-아메리칸이라고 부른다의 영가나 민속 음악을 통하여 약 1915년대 급속히 우리들에게 다가오기 시작했다. 20세기 미국의 재즈 음악이 하나의 큰 역사로 남아 맥을 이어갈 수 있었던 것은 흑인들 중심의 음악인들이 자신들의 전통 음악을 이해하고 적극적으로 소통하면서 끊임없는 노력을 통해 발전시켰기 때문이다. 만일 그들이 유럽의 음악을 그대로 따라하는 데만 치중했다면 재즈가 지금처럼 다양하고 풍부한 음악 장르로 자리 잡지 못했을 것이다.

재즈와 비교할 수 있는 것이 남미 음악인데 나를 포함하여 많은 음악인들이 남미 음악의 발전을 오랫동안 기다리며 번영과 역사의 한 페이지로 기록되기를 기대해 왔다. 피아졸라의 탱고나 비야로보스의 음악 등은 클래식으로 발전했지만 재즈에 비해 풍부한 소재를 발굴하고 고유한 음악 장르로 발전시키려는 노력이 부족한 나머지 기대와는 달리 더 이상의 발전을 보이지 못하고 있다. 예를 들어 칸토Canto de pueblos andinos와 같은 그들의 음악을 듣고 있으면 서민적이고 민요적인 테마를 중심으로 몽골리안 계열의 특징인 북을 사용하여 음악의 흐름을 잘 이어가는 데 매력을 느낀다. 그 역시 시베리아와 록키산맥을 타고 계속 안데스를 거쳐 내려오면서 그들의 고대 문명은 물론 인류 문명의 굴곡을 겪으며 아픔과 고독과 슬픔을 담고 있다. 미국의 노예로 끌려와 수많은 고통과 학대를 받으며 그들의 한을 노래로 표현했던 니그로 영가는 미국 음악 역사에 크게 기록되는 재즈 음악을 탄생시키지 않았는가. 미국의 재즈가 그랬듯이 나는 남미 음악에 담긴 많은 민요와 사연의 총체인 남미의 안디누스andinos 뮤직이 세계적인 음악으로 발전하기를 기대한다. 왜냐하면 가장 솔직하고 진실된 음악은 어느 시대를 막론하고 우리 인류 문화에 직접적인 영향을 주기 때문에 우리는 이 위대한 음악을 어디에서나 함께 노래하며 함께 살아갈 수밖에 없기 때문이다.

이와 같은 예는 우리에게도 시사하는 바가 크다. 우리 한민족은 세계 어느 민족보다 풍부한 소재와 음악적 전통을 가지고 있다. 게다가 우리의 전통 음악인 국악은 체계적으로 전승되고 있으며 현대적인 음악과의 접목도 끊임없이 시도되고 있음을 볼 때 나는 큰 마음의 위로를 받는다. 연주자로서 이러한 음악적 토대를 적극 활용하여 우리의 음악을 세계인에게 알리는 노력을 기울여야 할 때다.

Rubato의 원리

실연주에서 Tempo를 잘 조절하는 데는 Rubato의 원리가 가장 중요하다. 이 Tempo에 점진적 변화를 주어야 할 때 쓰이는 Rubato의 원리를 어떻게 가장 잘 이용하느냐에 따라 연주의 성공률은 70~80% 이상이 이루어짐을 알아야 한다. 경험이 부족한 연주가가 음악 작품 하나를 전체로서 완성시키지 못하고 실패하는 이유 중의 하나가 템포의 연속성을 유지하지 못하기 때문이다. 작품의 템포는 항상 유지되어 그 작품이 어디에서도 끊어지지 않게 해야 한다. 연주의 템포가 바뀔 때마다 청중은 새 템포에 적응하려고 할 수밖에 없으므로 새로운 기분을 갖게 되기 마련이다. 하나의 연속된 작품에서 템포의 변화를 가져오면 결국 그 작품을 와해시키게 된다. 연주자가 불필요하게 템포의 변화를 준다면 청중은 연주자의 의도나 음악적 요인을 생각하기 전에 불쾌감과 불안감을 느끼게 된다. 이러한 경우 음악적으로도 결코 좋은 연주가 될 수 없는 것이다. 물론 연주의 연속성은 단지 '템포의 연속성 법칙'을 준수하는 데에만 달려 있는 것은 아니다. 톤의 올바른 전개와 작품의 감정적인 무게를 정확히 전개하는 것도 중요하다. 그러나 작품의 전개에 있어서 템포를 점진적으로 빠르게 하거나 느리게 하는 것도 도움이 될 때가 많은데 이는 톤의 변화 효과를 가져올 때와 마찬가지다. 그래서 터득하기는 아주 간단하면서도 신비스런 효과를 주는 'Rubato의 원리'를 늘 강조하게 된다.

Rubato의 원리는 어쩌면 너무 간단하기 때문에 Rubato 처리를 정확히 잘 연주하는 사람조차도 Rubato의 근본을 잘 이해하지 못하고 있는 경우가 많다. 심지어는 Rubato를 연주해서는 안 된다고 하는 사람도 있는데 이것은 Rubato의 진정한 의미는 템포를 지키는 데에 있다는 것을 모르기 때문이다. Rubato가 템포의 연속성을 끊어버린다고 오해하는 음악인이 있다는 것도 믿기 어려운 일이지만 심지어는 일부 음악 교수들 중에는 Chopin을 템포에 맞추어 연주해서는 안 된다고 하는 사람도 있을 정도이다. 이러한 현상은 Rubato의 음악적 표현 수단으로써의 중요한 특성을 진정으로 이해하지 못하기 때문에 생기는 일이다.

연속성을 갖도록 구성된 하나의 작품을 연주하려면 그 연속성이 그대로 표현되어야 하며 이것은 템포의 연속성을 유지함으로써만 얻어진다. 그러므로 계속 반복되는 ritardo와 accellerando는 표현 수단으로서는 용납되지 않는다.

가끔 작곡자의 실수로 rubato 대신에 ritardo와 accellerando로 기표되는 경우도 찾아볼 수는 있으나 그 작품이 연주되는 것을 잘 분석해 보면 rubato가 옳은 처리임을 곧 알게 된다. 그러므로 좋은 연주자라면 작곡자가 표시한 대로만 연주할 것이 아니라 곡의 해석 과정에서 본래 작곡자가 추구하려고 했던 개념이 무엇인지를 이해하기 위해 노력해야 한다.

일반적으로 대화를 하는 경우에도 어떤 어휘나 단어를 강조하려면 굳이 목소리를 높이지 않고도 천천히 시간을 늘려서 말함으로써 상대방의 주의를 집중시킬 수 있다. 음악의 표현도 언어의 표현과 마찬가지이다. 그러한 원리가 바로 rubato의 근거와 필요성이라고 이해할 수 있다. 즉 무리하게 톤을 강조하지 않고 어떤 음을 강조하려면 그 음에서 더 시간을 끌기 마련이다. 그러나 템포의 연속성은 반드시 유지되어야 하기 때문에 이 두 가지 상반되는 요구 조건을 둘 다 만족시키는 유일한 방법은 타이밍timing에 조금 융통성 있게 조화를 부리는 것이지 시간을 깨뜨려버리는 것은 절대 아니다.

그러므로 어떤 음에서 시간을 좀 더 보내길 원한다면 이렇게 더 보낸 시간을 보충하기 위해서 다른 음에서 보내는 시간을 줄일 수밖에 없다. passage의 어떤 부분을 강조하기 위하여 여기를 늦추어 연주했다면 그 passage의 나머지 부분에서 잃어버린 시간

만큼 서둘러 연주해야 하는 것도 같은 이유에서이다. 이렇게 함으로써만 시간의 융통성을 가지면서도 전체적인 템포를 분명히 지킬 수 있게 된다.

연주 무대와 마음가짐

학생들에게 흔히 받게 되는 질문 중 하나가 적절한 연습 시간으로 어느 정도가 좋은가라는 물음이다. 사람마다 조금씩 다르긴 하겠지만 연주를 앞두고 있다면 하루 8시간 내지 12시간 넘게, 때로는 더 해야 스스로 만족감을 느낄 수 있다. 그러고도 그 결과는 알 수 없고 성공 아니면 실패한 기분을 갖게 하는 것이 바로 연주다.

나의 첫 연주는 유치원 시절로 거슬러 올라간다. 당시 Beyer 80번을 연주했는데 아버지께서 재단사를 불러 예쁜 드레스를 만들어 주신 덕분에 그 옷을 입고 공주처럼 무대에 섰던 기억이 난다. 그 후론 주로 학교에서 또는 콩쿠르에서 상을 받고 연주한 적이 많았다.

아직도 생생하게 생각나는 대학 시절의 기억이 있다. 기말고사를 치르기 위해 순서를 기다리고 있는데 내 앞에서 순서를 기다리던 학생이 자신의 차례가 다가오자 얼굴이 파랗게 질리고 감기 환자처럼 경련을 일으키며 떨더니 거의 기절하기 직전까지 갈 정도가 되었다. 나중에 알고 보니 유달리 무대공포증이 많은 학생이었다. 누구나 중요한 무대에 오르거나 심사를 받아야 하는 상황에서는 무대공포증이 나타난다. 이를 극복하기 위해서는 각자 공포를 날려버리는 방법을 터득해야 하는데 나는 어떠한 공연에서도 무대공포증을 심하게 앓아본 적이 없다. 물론 처음부터 그랬던 것은 아니다. 수많은 연습과 실전 훈련을 통해 터득한 나만의 노하우가 있다면 그것은 호흡을 가다듬는 것이다. 세계 여러 나라를 다니며 연주하면서도 내 방법은 꼭 하나이다. 무대에 나가기 전 약 15분간은 누구도 만나지 않고 나 혼자 심호흡을 많이 하는 것이다. 충분하고 긴 심호흡은 심장의 맥박 수를 느리게 하여 박동이 빨라지지 않게 함으로써 심리적인 안정감을 주고 긴장된 근육을 이완시키는 데 도움이 된다.

　무대에 오르면 자신의 시선을 무대 중간 부분에서 될 수 있는 대로 멀리 뒷좌석의 청중을 향하도록 하는 것이 좋다. 안정감에 도달해야 작품의 명확성과 자기의 곡 해석이 잘 재현될 수 있기 때문이다. 이 과정에서 의식적, 무의식적으로 청중과 함께 숨 쉬는 느낌을 갖게 되면 자연스럽게 음악으로 청중과 하나가 되는 것을 경험하게 된다.

　무대에서의 연주는 그 자체가 음악 교육의 한 형태이다. 내가 미국 롱아일랜드대학에서 가르칠 때나 귀국하여 연주법을 강의할 때나 항상 학생들에게 연주에서 무엇이 중요하며 무엇을 알아야 되는가에 많은 시간을 할애했다. 체험을 통해 우리가 다 아는 것처럼 작품의 해석이 곡마다 또는 연주마다 다를 수 있지만 실연주에서 기대할 수 있는 것이 있다면 평소에 미처 생각하지 못했던 보석 같은 아이디어나 표현이 영감처럼 떠오르는데 이것 역시 무대 연주를 통해 얻을 수 있는 보람된 수확이라고 할 수 있다. 내가 미국 생활을 접고 한국에 와서 학생들을 가르칠 때 처음으로 '마스터 클래스' 방식의 수업을 도입한 이유도 그 때문이다. 좁은 연습실에서 선생과 제자 단둘이 수업을 하는 것만으로는 한계가 있다. 연주자가 여러 청중들 앞에 나서는 것을 두려워한다면 아무리 좋은 실력을 갖추고 있다고 해도 무용지물일 수밖에 없기 때문에 평소 훈련 과정에서 실전처럼 연습해야 할 필요성이 있는 것이다.

무대 위의 돌발 사고

연주 무대에 오르기 직전에 치르는 리허설 때 연주자는 피아노의 상태와 피아노 음의 조화, 음악 홀의 음향 상태, 무대 조명, 의자의 상태와 높이 등을 반드시 직접 점검해야 한다. 이것들은 본연주에 들어가기 전에 해야 할 절대적으로 중요한 사전 점검사항이다. 국내 무대에서 연주할 때 잡음과 같은 방해로 인해 피해를 받은 경험이 여러 번 있었다. 청중의 움직임, 떠드는 소리, 의자가 움직이는 소리 등등 예상하지 못했던 소리가 연주자의 평정심을 잃게 만들므로 미리 점검을 통해 최대한 조정할 수 있어야 한다.

연주 무대에서 연주자가 그 순간까지 준비한 모든 노력의 성과를 기대하고, 또 누구보다도 스스로 만족감을 얻기 바라는 마음은 당연하다. 하지만 실제 공연장에서는 원하지 않는 사건들도 일어나곤 하는데, 이것은 각자에게 주어진 자기만의 해결책으로 대응하는 방법밖에는 없다. 연주자가 평정심을 잃으면 예기치 않은 오류를 범하기도 한다. 한 예로 암기에 있어서 속도 조절을 잘못 선택했다든가 주위 잡음의 방해 등으로 잠시나마 기억 혼란을 일으키는 경우가 있을 수도 있다. 나는 이런 문제를 내 방식으로 해결해왔다. 작품을 우선 음악 구조 안에 한 틀로 만들어 내 나름대로 해석적인 대화 또는 구성을 첨부하여 외워본다. 이것은 중간중간에 핵심 포인트를 만들어놓는다는 말인데, 암기가 불안한 상태에서 그 다음 포인트로 쉽게 찾아 들어갈 수 있는 다리 역할을 하게 하는 것이다.

연주는 자연스러운 표현으로 그 완성도가 극치를 이룬다. 극도로 긴장하거나 잘하려고 의식하면, 마치 걸을 때 누가 다리를 쳐다본다는 마음에서 긴장하여 걷는 것처럼, 자연스러운 스텝을 보여주지 못하는 것과 흡사하다. 이런 경우 그대로 청중에게 반영되어 불안한 결과를 느끼게 할 수밖에 없다. 무아지경에서 자기의 느낌을 그대로 솔직하게 연주해나가는 것만이 완성도 높은 연주를 가능하게 한다.

무대의 영향을 받는 것은 누구나 똑같다. 우선 무대에 서면 기분이 달라지는데 이것으로 그치지 않는다. 긴장과 압박감은 사람에 따라 정도의 차이가 있지만 자기 나름대로 최선의 대처 방법을 찾아야 된다. 캐나다 연주 일정 중에 기상 변화로 연주 시작 시간에 겨우 비행장에 내린 경험이 있다. 그 심리적인 스트레스와 초조감은 말로 표현하기 힘든 심리적 부담을 주었던 것으로 기억한다. 그때에도 앞서 말한 것처럼 호흡 조절을 통해 템포나 시간을 나의 평상시 맥박 수에 가깝게 낮추었다. 외부적인 환경이 어떠한 악조건이더라도 연주자라면 무대에 오르기 전에 자신의 심리적, 신체적 상태를 조절할 수 있어야 한다. 연주하는 곡에 따라 감정적 느낌, 해석, 표현이 다르겠으나 작품을 완전히 이해하고 받아들일 때는 그 상징적인 표현이 눈물로 가득 찰 때가 많다. 극치의 표현은 역시 눈물 없이 나타날 수 없지 않은가. 즉 연주자 스스로 곡에 몰입하면 자신이 연주하는 음악 소리에 자극을 받게 된다. 그 순간 연주자와 청중은 일체감을 느끼게 되며 무대와 객석은 예술적 감동으로 하나가 된다.

연주에서 또 하나 주의할 점은 연주자는 무대 위에, 청중은 무대 아래에 있으나 연주자와 청중 사이에는 호흡을 같이 할 정도로 소통이 이루어져야 한다. 그런데 가끔 연주자의 연주 태도에서 과장된 움직임을 볼 때가 있다. 물론 연주곡에 따라 Excess Energy를 쓸 수밖에 없는 경우에는 어떤 신체적인 표현은 정당하게 받아들일 수 있으나 그럴 필요가 없는 상태에서의 과장된 행동은 연주자의 부족함을 숨기려는 가식적인 의도에서 나온다는 것을 청중도 알 수 있다. 이런 쇼맨십 또는 매너리즘은 진정한 연주자라면 절대 해서는 안 된다. 요즈음 젊은 피아니스트 중에는 이런 불필요한 연주 태도를 하나의 음악적 풀이에서 연주에 필요한 한 요소인 것처럼 서슴지 않고 쓰는 경우가 있다. 대중음악적 표현에서나 볼 수 있는 심한 매너리즘은 음악 전통과 윤리에도 어긋나며 청중의 귀는 물론 시야에서도 눈살을 찌푸리게 하는 부끄러운 행동일 뿐이다.

  앞에서도 언급했듯이 실연주에서는 여러 가지 심적 부담과 함께 자기의 기대치에 대한 욕구감에 사로잡힐 수 있다. 무대 출연 1분 전에도 '내가 여기 여기는 어떻게 더 좀 잘해 보자'라거나 '홀의 크기가 이 정도니 좀 더 음향 조절을 해야 되지 않을까' 등등의 초조함을 느낄 때가 있다. 더구나 무대와 맨 앞줄 청중석과의 거리가 너무 가까울 때는 건반을 내려볼 때 좌석에서의 움직임까지 느낄 수도 있다. 연주자로서는 정말로 힘든 처지임은 확실하다. 하지만 연주자는 이 모든 불안감을 뒤로 해야 할 의무가 있다. 일단 무대에 나가면 자기 주위를 확보해 두는 것이 필요하며 연주 이외의 다른 요소는 모두 배제해야 한다. 좋은 연주는 그 형태 자체가 하나의 또 다른 음악 지도 방법이라고 할 수 있다. 나는 대학에서 매년 여러 차례 연주법 수업을 2, 3, 4학년 전체를 하나로 묶어 진행하였다. 학생들이 현장에서 동료 연주자의 장단점을 실질적으로 보고 들으며 객관적으로 평가하는 기회를 주기 위한 나만의 독특한 수업 방식이었다. 처음에는 어색해하던 학생들도 나중에는 가장 '잊히지 않는 강의'였다고 말하곤 하였다. 음악은 어디까지나 직접 듣고 평가하면서 그 문제점들을 찾아내야 된다.

음악은 다른 학문과 달리 글로 그 내용이나 에세이를 써내는 것이 아니고 순식간에 움직이는 모든 음과 소리를 듣고 판단해야 하므로 학생들은 이 연주법 강의를 통해 큰 효과를 얻었다고 이구동성으로 말하곤 하였다. 다시 강조하지만 이런 연주의 장점은 우선 자기 연습실이 아닌 청중의 분위기에서 오는 생동감이라고 하겠다. 이러한 과정을 충분히 훈련해야만 무대에서 발생할 수 있는 예기치 않은 상황을 현명하게 극복할 수 있는 것이다.

이것은 학생들에게만 국한된 이야기가 아니다. 세계적인 수준에 오른 음악가도 똑같은 실수를 할 수 있다. 음악 애호가라면 2015년 예술의 전당 콘서트 홀에서 초청 연주를 했던 중국 출신의 피아니스트 Yundi Li 윤디 리가 범했던 실수를 기억할 것이다. 그날 윤디 리는 피아니스트 쇼팽 피아노 협주곡 1번을 협연하면서 1악장 초반부터 음표를 빼먹더니 결국 오케스트라와 어긋나면서 연주를 멈춰버렸다. 2000년 쇼팽 콩쿠르에서 18살의 나이로 최연소 우승 기록을 세운 그가 말도 안 되는 상식 밖의 실수를 하리라고는 아무도 생각하지 못했다. 명연주를 기대하고 예술의 전당을 가득 메웠던 청중들은 큰 실망을 하였고 언론에서도 그의 실수를 크게 다루었다. 심지어는 그를 비아냥거리는 기사가 실리기도 했다. 실수의 가장 큰 책임은 당연히 해당 연주자에게 있다. 하지만 나는 다른 관점에서 이 연주자를 이해하고 싶다. 거기에는 틀림없이 어떤 문제가 있었을 것이고 그것이 무엇인지는 모르겠으나 내가 상상하기에 개인의 감정적인 문제, 악기의 조건, 음향, 연주회 중의 소란, 사진사의 투입, 그리고 중요한 연주자의 건강 상태 등에 뭔가 문제가 있었을 것으로 본다. 물론 그 밖에 다른 문제가 있었는지는 알 수 없으나 깊은 배려로 받아들이고 이해해주는 차원 높은 청중들의 마음이 필요하다고 말하고 싶다. 지나온 나 자신의 많은 경험을 통해서라도 이러한 경우를 우리는 많이 경험하고 봐왔기에 한 치 앞을 볼 수 없는 순간들이 연주자들의 무드를 흔들어 놓을 수 있다는 점을 이해하고 받아들이기 바란다.

어떻든 실연주는 자동적이고 무의식적인 상태와 최소한의 의식적인 프로세스가 통합한 상태에서 이루어져야만 된다고 나는 생각한다.

올바른 피아노 연습법

음악 예비학교, 예술전문고등학교, 대학에 이르기까지 오랫동안 학생들을 가르치는 과정에서 나는 학생들의 연습 과정의 문제점들을 많이 지적해왔다. 기술면에서 반복 연습은 가장 중요한 자리를 차지한다. 한 페이지나 더 작게는 한 구절을 몇 십 번 몇 백 번을 연습하는 것이 바로 음악도들이 거쳐야 할 과정이다. 나도 한번 앉으면 몇 시간을 피아노 앞에서 떠나지 않았다. 뜨거운 여름 가죽의자에 앉아 연습을 하다보면 엉덩이와 허벅지 전체가 땀으로 범벅이 되기 일쑤였다. 피아니스트로서 연습의 연속인 생활을 반복하다보면 엉덩이 살이 검게 변하는 경험을 하게 된다. 나 역시 검게 변한 양쪽 엉덩이 때문에 젊었을 때는 수영복을 입으면 편하지가 않았다. 하지만 진정한 피아니스트나 피아노에 평생을 걸기로 한 학생이라면 그것을 오히려 자랑스럽게 생각해야 되는 것이 아닐까?

오랜 시간 연습에 몰입하다보면 무아지경에 빠지게 된다. 계속해서 같은 곡을 반복적으로 연습하다보면 마치 자신이 연주 기계가 된 듯 아무 생각 없이 손가락을 움직이고 있다는 생각이 든다. 이때 실수를 범하기 쉽다. 반복적인 연습 과정에서 음악적 내용은 거의 생각하지 않게 되는 것이다. 음악적 내용과 가치를 인식하지 못한 채 반복적인 연습만 하다보면 말그대로 '연주 기계'가 되어버리는 것이다. 연주에서 자기의 음악적 표현이 원곡이 추구하는 개념과는 전혀 다른 결과를 가져올 가능성이 크기 때문에 커다란 실수가 나오게 되는 것이다. 오랜 시간 동안 연습을 하는 것도 중요하지만 무엇보다도 한 작품에 포함된 부분 또는 프레이징에 있어서 음악적 내용을 망각하지 않도록 끊임없이 스스로를 자극하여야 한다.

신시내티대학에서 만난 첫 스승인 Olga Conus 교수가 연습 방법과 관련하여 들려준 일화가 있다. Conus 교수의 남편 Alexnder Conus는 Paris Conservatory의 첫 설립자로서 라흐마니노프와는 같은 동네에 사는 둘도 없는 친구였다고 한다. 하루는 Conus 부부가 라흐마니노프의 집을 방문하게 되었는데 피아노 소리가 들려왔다. 가만히 들어보니 그 소리는 Hanon 1번을 반복적으로 연습하는 것이었다. Hanon이라면 피아노를 배우기 시작한 학생들이 주로 연습곡으로 연주하는 곡이므로 부부는 라흐마니노프가 제자에게 연습을 시키고 있다고 생각했다. 그런데 집으로 들어가니 학생은 없고 라흐마니노프가 피아노 앞에서 연습을 하고 있는 것이 아닌가. 피아노 옆에 메트로놈을 작동시켜 놓고 Hanon 1번만 반복적으로 연습하고 있던 사람은 다름 아닌 라흐마니노프였던 것이다. 깜짝 놀라 입을 다물지 못하고 있는 부부를 라흐마니노프는 웃으며 반겨주었다고 한다. 라흐마니노프는 당시에 작곡가로서만이 아니라 굉장한 수준의 테크닉을 가진 피아니스트로 알려진 인물이었다. 그는 두 사람에게 열 개의 손가락 하나하나의 힘의 강도를 지속적으로 유지하는 데 가장 좋은 훈련법이 바로 Hanon 1번이라며 추천했다고 한다.

Conus 교수는 나에게 그 일화를 소개하며 라흐마니노프의 연습법을 실천해보라고 권하였다. 실제로 Hanon 1번을 꾸준히 반복하다보니 효과가 있었다. 특히 느린 박자에서는 손가락이 건반을 누르고 있는 시간이 길어 연습 과정에서 손가락 하나하나의 강도가 확연히 좋아지는 것을 느낄 정도였다. 힘을 얻기 위한 연습 방법으로 한국에 와서도 나는 제자들에게 이렇게 연습할 것을 권했고 처음에는 웃던 제자들 역시 그 효과를 톡톡히 보았다고 한다. 라흐마니노프의 연습법이 Conus 교수를 거쳐 나에게 전해지고 다시 한국의 제자들에게까지 전달된 셈이다.

앞에서도 언급한 바와 같이 한 가지 주의해야 할 점은 손가락의 힘과 연결성 등을 위해 반복 연습이 필요하기는 하지만 반복의 결과로 감정의 표현 내지 내용이 약해지면 아무런 의미가 없다. 기술적이고 기교적인 움직임 자체만을 목적으로 삼으면 음악적 내용에서 충실성을 상실하게 되고 그 연주는 감정의 전달커녕 지루하고 듣기 힘든 연주가 될 수밖에 없다.

1970년대 중반에 완전 귀국했을 때 만났던 학생들의 연주는 나를 놀라게 했다. 다름 아니라 작품의 이해, 자기만의 개성이나 음악적 개념을 찾기 힘들었기 때문이다. 테크닉 면에서만은 세계 어디에 내놓아도 뒤떨어지지 않는 수준이지만 기술에만 전념하느라 음악의 세계와는 동떨어져 있는 경우가 많았다. 그래서 우선 연습에도 주관적인 자기의 마음, 표현, 느낌까지 채우도록 도와주었다. 그러한 노력의 영향인지 현재의 피아노 교육은 과거와는 많은 부분에서 나아졌다는 것이 작은 보람이기도 하다. 우리나라 여름 방학은 다른 나라에 비해 짧아서 방학 기간을 통해 외국의 전문적인 섬머스쿨이나 여름캠프에 참여하여 몇 달 동안 수학할 만한 여건이 되지 못한다. 또한 전문가의 도움을 받기에는 경제적인 부담도 무시할 수 없다. 다행히 최근 들어 국내에도 뮤직캠프와 같은 프로그램이 많아지고 훌륭한 교수진도 갖추어져 음악을 전공하는 학생들이 적극 참여한다면 실력 향상에 큰 도움을 얻을 수 있으리라 본다.

외국의 경우는 대개 자기의 지도교수를 따라 하계학교나 캠프에 참여하는 경향이 있으나 반드시 그렇지만은 않다. 다른 한편으로는 지도교수가 아닌 다른 선생님으로부터 교육을 받는 기회를 가짐으로써 심리적인 분위기를 바꾸고 다른 방식의 교수법으로 지도를 받아 보는 것도 실력 향상에 도움이 된다고 본다. 음악 캠프에서는 크고 작은 앙상블을 구성하여 직접 연주도 할 수 있는데 전체적인 음악적 '귀'나 다른 사람의 음악 세계를 통한 자기의 주관성 배양에도 좋은 교육이 될 줄 믿는다.

줄리어드 시절 지도교수였던 Kabos 교수는 자기의 거주지인 런던 외에도 스위스 Sion의 Tibor Festival에서 매년 마스터 클래스를 열었다. 정말 맹렬히 공부했고 합숙을 하면서 많은 피아니스트와 학생들의 연습 과정, 연주 과정을 지켜보며 나의 음악 세계를 펼쳐나갔다. 때로는 서양인들 특유의 불규칙한 생활 때문에 고통을 겪기도 했다. 서양 학생들 중 어떤 학생은 밤늦게까지 연습하고 밖에서 친구들과 놀다가 새벽에 돌아와서 연습하느라 자고 있는 우리를 깨우곤 했다. 하루는 새벽녘이 되어서 겨우 잠이 들었는데 아침 6시도 안 되어 누군가가 스케일 연습을 시작하는 것이 아닌가. 한두 번도 아니고 며칠을 연달아 그러다보니 눈물이 나올 정도로 참을 수 없었다. 참다 못 해 우리 중 한 학생이 접착 테이프를 이용해 피아노 건반 아래를 묶어버려 연습을 못 하게 만든 일도 있었다. 연습하려던 그 학생도 눈을 비비며 겨우 일어난 상황이라 소리가 나는지 안 나는지조차 모르는 상태로 무조건 손가락을 움직여대다가 한참 뒤에야 소리가 나지 않는다는 것을 알고 양손으로 피아노를 두들겨 때리고는 방을 나가버렸다.

생각해보면 우습기도 하지만 시간과 장소를 가리지 않고 비몽사몽 중에도 연습하는 자세는 분명 본받을 만한 데가 있다고 생각한다. 그러한 과정을 겪은 후에야 피아니스트로 성장할 수 있는 것이다.

한편 학생들이 연습 과정에서 테크닉, 리듬, 프레이징 등에 대해 공부를 잘했다 해도 암기 부분에서 문제가 생기면 모든 것이 한 순간에 무너지게 된다. 그러므로 방학 기간에는 암기력을 기르기 위해 무대에서 연습을 많이 해보는 것이 좋다. 만일 무대 연습을 할 여건이 되지 않을 때에는 부모나 친지 등 가까운 식구들 앞에서 연주하는 것도 하나의 방법이다. 보통은 가족이나 친지들 앞에서 연주하는 것을 쑥스러워하는 경우가 많은데 연주자라면 그 또한 극복해야 할 일이다.

대체적인 연습법을 요약해본다면 다음과 같다.

첫째, 작품을 읽어나가면서(즉 피아노를 쳐나가면서) 자신이 오점을 남기는 부분을 찾아내고, 정상의 템포까지 이 오점을 시정한다.

둘째, 매일 작품 자체를 생각하며, 바른 해석과 바른 표준을 유지하도록 노력한다.

셋째, 모든 테크닉, 레가토, 페달링, 리듬 등을 자기의 맥박에 자연스럽게 빨아들여 통합시키는 작업을 한다.

넷째, 음들을 체계적으로 암기하여, 나의 음악적 이해와 정신적 집중력을 기르도록 노력한다.

연습 시간 스케줄링도 중요하다. 특히 여름철 냉방 시설이 갖추어지지 않은 환경에서는 낮 시간을 피하고 아침 6시에서 12시까지 오전 시간을 활용하는 것이 좋다. 더위가 한창인 오후 시간에는 연습을 쉬면서 자기만의 취미 시간을 갖은 후 잠자리에 들기 전 약 2시간쯤을 이용하여 전체적인 음악의 표출에 중점을 두고 연습하기를 권한다.

자신이 세운 스케줄이라 해도 빠짐없이 지킨다는 것은 매우 어려운 일이다. 나 자신도 이 같은 스케줄에 잘 따르지 못하고 살아왔다. 마음이 다급해지고 여유가 전혀 없을 때가 대부분이었던 음악인의 삶이었기에 꼭 이런 스케줄에 맞추기가 힘들었다는 것을 고백한다.

연주자의 사회성

흔히 음악가라고 하면 까칠하고 도도한 인상을 떠올리는 사람들이 많다. 음악인 중에서도 연주자에 대해서는 그러한 선입견이 강하다. 나 역시 주변 사람들로부터 그러한 평을 들어본 적이 많다. 젊은 날 미국에서 교통사고를 당한 후 사람들과의 만남을 피하고 피아노에만 매달리던 시절에는 '콧대 높은 건방진 여자'라는 말까지 들을 정도였다.

연주자에 대한 그러한 선입견은 어떻게 보면 맞는 말이기도 하고 다른 측면에서 보면 잘못된 오해에서 비롯된 것이기도 하다. 연주자는 일상에서 만나는 모든 소리에 민감하다. 특히 연주 일정이 잡히면 예민한 감성이 더욱 강하게 드러나게 된다. 그 때문에 사람들과의 만남을 피하고 자신의 세계로 빠져들게 되는 것이다. 그러다 보니 다른 사람들의 눈에는 그 모습이 까칠하고 도도하게 보이게 된다. 그러나 그러한 특성을 이해하고 서로 마음을 나누면 누구보다 솔직하고 진솔한 마음으로 대화할 수 있는 사람이 바로 연주자라는 것을 알게 된다. 그러므로 일반적인 '사회성'을 기준으로 연주자를 바라보면 오해가 생기게 되는 것이다.

나에게 있어 '사회성'이란 지금도 어려운 단어이다. 조직 생활의 경험도 없고 일반적인 정보도 학부모를 통해 보고 듣거나, 음악회에 오신 분들과의 교제를 통해 접하는 것이 거의 전부였기 때문이다. 그 이외에 사회적인 교류는 극히 제한적이었다. 학창 시절에도 다른 친구들은 또래 아이들과 몰려다니며 영화 감상을 하고 때론 연애를 하면서 자연스럽게 사회성을 익혔으나 나에겐 그럴 시간이 주어지지 않았다. 오로지 학교에서 집, 집에서 학교, 그리고 피아노 의자에 앉아 연습하는 시간만이 계속되었다. 하루의 대부분을 혼자 지냈고 휴식 시간에는 책을 읽거나 집에서 기르던 동물들과 시간을 보냈다.

처음 미국에 도착했을 때 내게는 그곳 사람들이 마치 인형들의 세상에서 사는 사람들처럼 느껴졌다. 기숙사 생활을 하며 바라본 서양 여학생은 외모와 생활면에서 그만큼 놀랍고 신기하기만 했다. 1960년대만 해도 동양인이라곤 음대 전체에 한두 명밖에 없었으니 서양 학생들도 낯선 외모의 동양 학생에 대해 대단한 관심을 보였다. 귀찮을 정도로 옆에 와서 말을 붙이거나 치근대며 동양 문화에 대해 알고 싶어 했다. 그러한 과정에서 말이 트이기 시작했고 서로 도우며 공부도 열심히 할 수 있었다. 부활절, 추수감

사절, 성탄절 같은 연휴 기간에는 그들의 집으로 초대되어 친구랑 며칠을 지내기도 했다. 지금 생각하면 너무나 좋은 경험이었다. 그 친구들 덕분에 그나마 나름대로 그들의 사회성을 배울 수 있었다고 생각했기 때문에⋯⋯.

음악인에게도 사회성은 필요하다. 그러나 음악인이 마치 비즈니스를 하는 사람처럼 행동하는 것은 결코 바람직하지 않다. 간혹 음악인 중에서도 과도한 사회성을 보이는 사람들이 있다. 나에겐 마치 맞지도 않는 옷을 입고 가식적인 행동을 하는 것처럼 느껴질 뿐이다. 사회성에도 음악인으로서의 윤리와 규범이 있고 예절이 있어야 한다. 어디까지나 진실성을 가지고 정중히 대화하려는 예의가 필요하다. 말만 번드르르 내세우는 사람보다는 다소 비판적인 이야기를 하더라도 진지하게 대화하려는 사람이 더 소중하다고 본다.

미국에서 생활하던 1968년경으로 기억한다. 내가 좋아하고 아끼는 후배 바이올리니스트 정경화에게서 전화가 왔다.

"옥수 언니, 우리 집에 와서 저녁 같이 먹어요. 내가 맛있는 스테이크 대접할게요."

반가운 마음에 나는 다른 스케줄을 제치고 정확히 약속 시간에 경화의 집에 도착했다. 경화는 어머님과 함께 뉴욕 East Side에 살았는데 벨을 누르자 어머님께서 반갑게 맞아주셨다. 경화는 스테이크를 준비하고 있었는데 오븐에 양념한 고기를 넣고 나서 나에게 이렇게 말하는 것이었다.

"언니, 스테이크가 정확히 이제부터 30분이 걸리니까, 그동안 나는 연습을 하고 올테니 정확히 30분 후에 같이 식사해요."

그러곤 자기 방으로 사라졌다. 경화 어머님과 마주 앉아 이런저런 이야기를 하는 동안 30분이 지나고 그제야 경화와 마주 앉아 식사를 하며 이야기를 나눌 수 있었다. 나는 이 기억을 평생 잊지 않고 있다. 일반인의 시각에서는 경화의 행동을 이기적이고 손님 대접을 할 줄 모르는 것으로 비난할 수도 있지만 우리 음악인들은 그렇지 않다. 이러한 철저함과 그 나름대로의 개성이 없다면 음악 세계에서 살아남지 못한다는 것을 알고 있기 때문이다. 한 치의 어긋남도 없이 연습 시간을 지키려는 고집이 있었기에 훗날 경화는 한국을 대표하는 바이올리니스트가 될 수 있었다고 확신한다.

나는 제자들에게 철저한 자기 관리의 중요성을 강조할 때마다 바이올리니스트 정경화와의 일화를 들려주었다. 나 또한 그러한 수련을 거치며 살아왔기에 일반적인 사회성을 갖지는 못했다. 하지만 음악을 사랑한다면 음악인의 독특한 특성 또한 이해해주기 바란다.

나에게도 사회성 부족으로 자칫 큰 실수를 범할 뻔했던 일화가 있다. 연주 여행을 마치고 뉴욕으로 돌아왔을 때였다. 다음 연주 여행을 준비하기 전에 잠시만이라도 혼자만의 시간을 갖고 싶기도 했고 연습해야 할 곡도 있어서 하루 종일 연습에 몰두하고 있었다. 그런데 마침 원로 지휘자이신 임원식 선생님께서 뉴욕을 방문하신 것이었다. 임원식 선생님은 1956년 KBS 교향악단을 창단하신 분으로 당시에도 KBS 교향악단 상임 지휘자로 활동하고 계셨다. 개인적으로도 많은 도움을 주신 분이었는데, 내가 어린 나이에 KBS와 연주를 할 때면 임원식 선생님께서는 우리집으로 오셔서 함께 식사를 하셨고 연주를 마치면 옛 시공관 근처 식당에 나를 데리고 가셔서 된장국을 사주시기도 하신 분이었다. 선생님께서 뉴욕으로 오셨으니 마땅히 내가 먼저 마중을 나가야 하는 것이 도리였다. 그런데 나에게 소식을 전하기 위해 다른 음악인들이 수차례 전화를 하였지만 연결이 되지 않은 것이다. 연습 중이었지만 수시로 전화기를 확인하지 못한 것이 나의 불찰이었다. 저녁 무렵이 되었을 때 전화벨 소리가 울렸다. 나는 혹시 불필요한 전화가 아닐까 하는 마음에 망설이다가 수화기를 들었다. 그런데 수화기 너머에서 선생님의 목소리가 들리는 것이 아닌가.

"옥수야, 내가 뉴욕에 왔다고 다른 사람들은 다 모였는데 너만 안 왔으니 내가 지금 사람들과 함께 너희 집으로 가고 있다."

선생님은 대답할 겨를도 없이 호탕하게 웃으시며 전화를 끊으셨다. 화를 내실 만도 한 상황인데 내가 당황할까 봐 일부러 크게 웃으신 게 아닌가 한다. 화들짝 놀란 나는 부랴부랴 집에 있는

2001년 경복궁 국립중앙박물관에서 열렸던 한국 의상 전시회 때 전시되었던 한옥수 교수 공연 의상. 맨 오른쪽에 있는 의상이 정경화 공연 의상이고, 그 옆이 한옥수 교수의 의상이다.

음식이란 음식을 다 꺼내놓고 파티 준비를 하였다. 급하게 준비하느라 제대로 맛도 보지 못했는데 선생님께서 십여 명의 음악인들과 함께 도착하셨다. 다행히 임원식 선생님을 비롯하여 그 자리에 있던 모두가 맛있게 음식을 나누며 즐거운 시간을 보낼 수 있었다. 그 이후에도 선생님을 뵐 때마다 몇 번이나 사과를 드렸다. 그때마다 선생님은 호탕하게 웃으시면서 내 어깨를 다독여주시곤 했다. 지금은 고인이 되셨지만 부족한 나의 사회성을 이해해주시고 격려를 아끼지 않으셨던 임원식 선생님께 감사의 마음을 전하고 싶다.

대부분의 음악인들은 순수하다. 사회성은 부족해도 순수성만큼은 그 누구보다 강하다고 자부한다. 가끔 극소수의 음악인이 도를 넘는 행실이나 정치적인 행태를 보여 사회적 물의를 일으키기도 한다. 그런데 나의 경험으로 비추어볼 때 그런 사람은 대개 순수성보다는 비즈니스적인 사회성을 가진 사람들이었던 것으로 기억한다. 그런 사람은 음악이 아니라 비즈니스나 정치 분야로 가야 할 사람인 것이다. 음악을 순수한 예술로 바라보지 않고 출세나 과시를 위한 수단으로 생각할 때 사회적 물의를 일으키게 되는 것이다. 그러한 의미에서 비록 사람을 대하는 방식의 사회성은 서툴더라도 순수한 열정과 고집이라는 음악인 고유의 사회성이 우리 사회에 필요한 것이 아닐까.

4^부

피아니스트의 길을 걷는 이에게

피아노 연주 및 교육의 약사

20세기 피아노 음악 교육 및 피아노 연주법의 주류는 19세기로 거슬러 올라가 프란츠 리스트Franz Liszt와 클라라 슈만Clara Schumann 두 거인에서 비롯된다. 두 사람 모두 일세를 풍미하던 피아니스트이며 훌륭한 제자들을 길러낸 피아노 연주의 조부와 조모라고 해도 과언이 아니다.

리스트는 음악뿐만 아니라 그의 생활 자체도 낭만주의자의 전범을 보여주었다. 작곡가인 동시에 연주가로서 헝가리에서 출생하여 13세부터 연주 활동을 시작했고 1839년~1847년까지는 대가로서의 연주 생활을 지낸 후, 1848년부터는 제자를 양성하였다. 그가 길러낸 제자로는 한스 폰불로우Hans von Bulow, 안톤 루빈슈타인Anton Rubinstein, 프레더릭 라몬드Frederic Lamond, 윌리엄 메이슨William Mason등을 꼽을 수 있다.

리스트의 제자 중 안톤 루빈슈타인은 독일과 유대계 러시아 인으로 12세부터 연주 활동을 시작하였으며 리스트에 못지않은 낭만적 '연주가이자 작곡가'였다. 음악사에서 그가 더욱 중요한 것은 지금의 페테르부르크 콘서버토리의 전신인 러시아 제국 콘서버토리Russian Imperial Conservatory를 설립하여 러시아 학풍Russian School을 발전시키게 했다는 사실이다.

한편 클라라 슈만은 라이프치히의 피아노 교수인 아버지 프리드리히 비이크Friedrich Wieck에게서 피아노를 배워 10세부터 연주 활동을 시작하였다. 세계적 사랑으로 잘 알려진 것처럼 1840년에 로버트 슈만Robert Schumann과 결혼한 후 16년간은 가정에 더 충실하였으나 슈만의 서거 후 1878년부터 프랑크푸르트의 피아노 교수가 되어 후배 양성에 더 전력하여 고전적 독일 학풍German School을 이어갔다. 클라라 슈만은 작곡가이자 연주가인 리스트에 대비하면 연주가이자 교육자로서 피아노 교육에 더 정진했다고 볼 수 있다. 지적인 점을 강조하고 작곡가의 의도를 최대한으로 존중하여 연주해야 함을 강조했으며, 사색적 연주법의 대표자이기도 했다. 대표적인 제자로는 패니 데이비스Fanny Davies, 헨리 퍼모트 임스Henry Purmort Eames가 있다.

19세기 후반에 들어와 교통의 발달로 활동 무대가 넓어지면서 연주자는 수입이 보장되는 연주회에 더 많은 관심을 가지게 되었고 그로 인해 부소니Ferruccio Busoni를 끝으로 작곡가 겸 연주자의 시대는 막을 내리고 작곡가와 연주가는 자연스럽게 분리되기 시작하였다. 일종의 전문화가 가속화된 셈이다. 이후 피아노 연주자는 연주 활동의 경험을 살려 피아노 교육자로서도 특화된 영역을 이루게 된다.

이 같은 경향의 첫 시발로서 꼽을 수 있는 사람으로 테오도르 레쉐티츠키Theodor Leschetizky를 들 수 있다. 젊어서 연주가로 음악 무대에 섰으나 말년에는 교육자로서 크게 공헌한 피아노 교육의 태두라고 볼 수 있다. 레쉐티츠키는 폴란드 출생으로 체르니 Carl Czerny를 사사했으며 웅장한 음악을 만들기 위하여 강하고 거친 음색을 가진 독일 전통의 피아노 연주에 반하여 노래하듯이 부드러운 음색을 창조하는 피아노 연주법을 강조하였다.

레쉐티츠키는 페테르부르크 콘서버토리 초창기에 피아노 교수로 발탁되어 항상 바쁜 안톤 루빈슈타인을 대신하여 사실상 학생 지도를 전담하다시피 했다. 제자 중 유명한 사람은 이그나시 파데루스키Ignace Paderewski, 아루트르 쉬나벨Artur Schnabel, 오싶 가브릴로비치Ossip Gabrilovitch가 있다.

그의 제자 중(두 번째 부인이기도 한) 안나 예시포바Anna Es-sipova와 바실리 사포노브Vassily Safonov가 손꼽히는데 그들은 계속 학교에 남아 레쉐티츠키의 학풍을 이어나갔다. 예시포바는 프로코피에프Prokofiev 같은 제자를 길러냈고 사포노프의 제자로는 스크리아빈Scriabin과 조셉 르빈Josef Lhevinne을 들 수 있다. 사포노프는 1885년에는 모스크바 콘서버토리로 자리를 옮겼는데 이

같은 추세 때문에 모스크바 콘서버토리가 러시아 제일의 음악학교로 남게 된 것이다.

한편 안톤 루빈슈타인의 제자로서는 조셉 호프만Josef Hofmann이 있는데 커티스 음악학교장으로 1926년 미국에 정착하였다. 호프만과 르빈은 연주가이자 교육자의 전형적 길을 걸은 사람으로서 Russian School의 교육을 받아 이를 그대로 미국의 두 유명한 음악학교인 커티스와 줄리아드에 이식하였다.

러시아 최초로 1862년 페테르부르크에 콘서버토리가 설립되고 게다가 안톤 루빈슈타인Anton Rubinstein 같은 세계 정상의 낭만주의 피아니스트가 지도했다는 사실은 연주 예술에 있어서 러시아의 미래를 운명짓는 기틀을 마련했다고 볼 수 있다. 이 당시 피아노 교수의 대부분은 프란츠 리스트Franz Liszt, 클라라 슈만Clara Schuman, 테오도르 레쉐티츠키Theodor Leschetitzky와 같은 위대한 피아니스트 겸 교수의 계승자이거나 제자들이었다. 따라서 낭만적 피아노 연주 스타일의 영향이 강하였으며 이 낭만적 전통은 라흐마니노프Sergey Rachmaninoff, 스크리아빈Alexander Scriabin, 안나 예시포바Anna Essipova, 조셉 르빈Josef Lhevinne 등으로 계승되었다.

1917년 공산 혁명 이후에는 블라디미르 호로위츠Vladimir Horowitz 같이 러시아를 떠난 연주가가 수없이 많았고 이에 따라 소련에서의 연주 예술은 더 발전하지 못했다. 문화적으로 고립되어 외국의 음악인이 소련을 방문하지도 못했고 소련 음악인이 외국에 나가 연주를 하거나 가르치거나, 심지어 공부도 할 수 없었다. 물론 국가가 정치적인 목적으로 예외를 용인한 일은 있었으나 극히 드문 일이었다고 본다.

이러한 외부로부터의 고립과 정보의 단절이 소련의 연주 풍을 계속 낭만주의로 유지, 발전시킨 주요 이유라고 할 수 있겠다. 이 낭만주의는 또 하나의 러시아 특유의 전통으로 남아 20세기 초의 러시아 문화의 커다란 유산으로 계승된 것이다. 특히 소련의 피아노 연주법의 기초는 모스크바 콘서버토리의 4인의 유명 교수에 의해서 이루어졌음을 잊어서는 안 된다. 이들 하인리히 노이하우스Heinrich Neuhaus, 알렉산더 골덴바이저Alexander Golden-weiser, 콘스탄틴 이굼노프Konstantin Igumnov와 사뮤엘 파인버그 Samuel Feinberg 4인의 교수는 모두가 탁월한 피아니스트인 동시에 교수로서 20세기 초 독일과 폴란드의 낭만주의 음악 문화와 피아노 전통 속에서 성장한 것이 그들의 공통점이다.

당시 미국의 젊은 음악가들은 독일 음악인에게서 교육을 받는 것을 최고의 영예로 여겼다. 이태리나 프랑스 음악은 오페라계를 장악하고 있었으나 그 어느 것도 독일 음악과는 비교할 수 없었다. 그러다가 제1차 세계 대전이 발발하면서 음악계는 큰 변화를 겪게 된다. 전쟁이라는 정치적인 요인이 적국인 독일의 음악보다는 오히려 프랑스나 이태리 음악이 더욱 많이 보급되고 연주

되는 계기가 된 것이다.

이어서 벌어진 제2차 세계 대전에서 독일이 패망하고 소련 혁명 이후 러시아 음악이 고립의 길을 걸으면서 자연스럽게 미국이 음악에 있어서 세계의 중심지로 부상하게 된다. 프랑스 출신 스승인 블랑저Nadia Boulanger 한 개인의 영향이 컸던 미국의 작곡계가 유럽에서 유학하고 돌아온 하워드 핸슨Howard Hanson이 1924년 Eastman School of Music을 맡은 시점부터 미국의 음악 교육은 유럽 영향권을 벗어나 본격적으로 독립적 발전을 이루기 시작했다.

20세기 초 미국 음악 발전의 한 단면은 이때에 동부 지역에 설립된 전문 음악학교를 열거하여 보면 알 수 있다. 대표적인 학교를 살펴보면 다음과 같다.

- 1905년 : Juilliard School of Music
- 1916년 : Mannes College of Music
- 1917년 : Manhattan School of Music
- 1924년 : Curtis Institure of Music

물론 이들 학교에 앞서서 1857년에 설립된 The Peabody Institute Johns Hopkins University와 1867년에 설립된 Cincinnati Conservatory of Music 같은 음악 교육 기관이 밑거름 역할을 한 것은

틀림없으나, 위의 학교들은 20세기 첫 사반세기에 설립되어 20세기 후반에 미국이 세계 음악의 중심으로 자리 잡는 데 중심적 역할을 하였다고 평가된다.

제1차 세계 대전 및 소련의 1917년 10월 혁명 이후 많은 소련 음악인들이 유럽을 거쳐 미국으로 이주하면서 미국의 음악은 비약적인 발전을 하게 된다. 미국은 한마디로 소련으로부터의 '음악 유출Music Drain'의 덕을 전부 흡수했다고 해도 과언이 아니다. 앞에서 논의된 것처럼 미국의 음악은 하나의 러시아 학풍으로 시작되었다고 할 수 있다.

미국에서 소련 음악의 영향이 커진 또 다른 이유는 제1차 세계 대전 기간 중 일기 시작한 반독일 선풍이다. 전쟁 상대국인 독일 전통 음악의 인기가 떨어졌으며 미국의 연주 무대를 독차지하던 독일 음악인들은 더 이상 연주 활동을 할 수가 없었다.

줄리아드 음악학교의 경우 조셉 르빈Josef Lhevinne과 로지나 르빈Rosina Lhevinne 부부를 우선 손꼽지 않을 수 없다. 두 사람이 합치면 1세기에 걸친 음악 가족이라고 할 수 있을 정도로 미국 피아노계의 발전에 공헌한 바가 크다. 조셉 르빈은 라흐마니노프 Sergey Rachmaninoff, 호프만Josef Hofmann, 루빈슈타인Artur Rubinstein, 기제킹Walter Gieseking, 슈나벨Artur Schnabel, 헤스Myra Hess, 노바에스Guiomar Novaes와 동시대에 세계를 풍미하던 피아니스트로 그의 우상은 안톤 루빈슈타인Anton Ruvinstein일 정도로 러시아 학풍을 미국에 이식한 장본인이다. 1944년 타계하기까지 수많은 연주자와 제자를 길러냈다. 로지나 르빈은 남편과 함께 합동 공연으로 1906년에 미국에 데뷔한 후 미국과 인연을 맺고 1925년부터 줄리아드에서 가르치기 시작했다. 그녀는 모스크바 출생으로 모스크바 콘서버토리를 졸업했다. 조셉 르빈은 드뷔시 Debussy와 라벨Ravel의 인상주의 음악도 잘 가르쳤을 뿐만 아니라 부인과 함께 스크리아빈Scriabin, 라흐마니노프Rachmaninov, 프로코피에프Prokofiev의 러시아 음악을 미국에서 가르친 전형적인 러시아 낭만주의자였다.

줄리아드의 조셉 르빈의 학풍은 그의 제자 사샤 고로니츠키 Sascha Gorodnitzki로 계승되었는 바 고로니츠키는 우크라이나의 키에프 출생이나 교육은 미국에서 받았다. 모스크바 차이콥스키 콩쿠르에서 미국인으로서는 처음 일등을 하여 유명해진 밴 클라이번Harvey Van Cliburn이 러시아 학풍인 로지나 르빈의 제자였으므로 러시아 음악을 잘 소화할 수 있었다고 보아도 된다.

사샤 고로니츠키 교수

러시아 음악의 전통과 특징

음악은 예술의 일부이고 예술은 문화의 일부이며 문화는 역사를 통한 사람들의 생활 양식과 습관에 밑바탕을 두고 있다. 음악의 전통은 장기간에 누적되어 축적된 문화적 배경을 대변한다. 따라서 동양과 서양의 음악 전통은 다를 수밖에 없다. 여기서는 피아노에 주안점을 두고 서양 음악, 그 중에서도 피아노 음악 중심으로 이야기하고자 한다.

보편적으로 서양 음악은 시대순으로 Baroque, Classic, Romantic, Impressionism, Contemporary로 구분한다. 이는 음악 전통의 중요성과 시대를 아우르는 음악의 특징을 표현하기 위한 것이라고 할 수 있다.

그런데 현대 음악의 전통을 이야기하기 위해서는 러시아와 미국의 음악 문화의 변천사를 비교하는 것이 필요하다. 미국과 러시아는 예술적, 문화적 근원에 있어서 같은 서구 문화에 뿌리를 두고 있으면서도 서로 다른 문화권을 이루고 있다. 이러한 차이는 정치적 환경과 밀접한 관련이 있다. 20세기에 들어서면서 세계는 크게 두 세력으로 나뉘어졌다. 미국과 소련러시아은 양분된 냉전의 종주국으로 서로 대립하면서 문화적 교류는 단절되었다. 이는 음악의 전통이 러시아에는 변하지 않고 그대로 남아 있고, 미국은 자유국가로서 모든 문화의 용광로 역할을 해왔음을 의미한다. 1990년대 들어서면서 냉전이 종식되고 두 문화권은 다시 자유로운 교류가 가능해졌다. 그 과정에서 동질성이 어떻게 회복되었는지 살펴보는 것은 각 문화권에서 음악 전통이 어떻게 변화되었으며 각각의 장단점은 무엇인지 분석하는 기초가 된다.

러시아 역사의 대부분은 전체주의 국가 체제 속에 있었다. 절대적 권력을 가진 황제 아니면 공산주의 독재 권력이 러시아를 지배했다. 권력의 유지를 위해 국가는 보수적이었으며, 발전적이거나 개혁적인 것을 억제해왔다. 그 예로 재즈나 록 음악은 법으로 금지되었으므로 지하 세계에서만 은밀히 존재해왔을 뿐이다. 1920년대 후반부터 소련 공산 체제는 예술가에게는 무엇을, 어떻게 창작할 것인가를, 교수에게는 무엇을, 어떻게 가르칠 것인가를 지시, 지령하기에 이르렀다.

이 같은 결과로 현대 음악의 새로운 전개는 단절되었고 20세기 최고의 작곡가인 스트라빈스키Igor Stravinsky, 쉔버그Arnold Schoenberg, 버그Alban Berg, 바르토크Bela Bartok는 물론 동시대인

인 쇼스타코비치Dmitri Schostakovich, 프로코피에프Sergey Prokof-
iev, 미야스코브스키Nikolai Miaskovsky의 작품 대부분도 소련 국
민의 예술 취향에 생소할 뿐만 아니라 반민주적(?)인 경향이 보인
다고 배척을 받았다.

1950년대 말까지는 소련 내에서 이들 작곡가의 음악은 연주는
물론 출판도 되지 못했다. 음악 전공 학생들도 공부할 기회가 없
었으며 후르시초프 집권 시기의 해빙기까지 소련의 젊은 세대 음
악인은 이들 음악에 대해서는 아무런 지식도 없이 자라났다. 그
때문에 이들을 일명 '잃어버린 세대Lost generation'라고 한다. 그
러한 연유로 소련 청중은 물론 소련 음악인 대부분도 옛날 낭만
주의를 사랑하는 보수성을 그대로 유지하고 있을 수밖에 없었다.

러시아 음악 전통의 문화적 배경을 다음과 같이 다른 관점에서
고찰해볼 수도 있다. 정치적 자유나 경제적 여유가 거의 없는 국
가 체제하에서는 예술의 의미와 역할은 더욱 중요해지기 마련이
다. 특히 19세기, 20세기의 러시아 역사를 통하여 문학, 음악,
연극, 미술 등은 단지 예술을 위한 예술, 예술로서의 예술일 뿐만
아니라 사회적 현실을 반영하는 소리로 진실을 대변하기도 하였
다. 정치적이거나 철학적 의견을 예술 형태를 빌려 표현하는 것
이 행정 관료에 항의하거나 사회에 고발할 수 있는 유일한 방편
이었다. 따라서 러시아 예술은 사회성이 매우 강했으며 이 같은
경향은 19세기 후반에 들어 더욱 두드러졌다. 러시아 음악의 정

상트페테르부르크에서 열린 프로코피에프 콩쿠르 심사위원들과 함께.

신적 지주는 러시아 문학이라는 사실이 이를 잘 입증하고 있다.

다른 사람의 슬픔과 고뇌를 이해하고 동정하는 것이 러시아 예술의 가장 큰 특징이다. 여기에는 러시아 종교인 그리스정교의 역할도 컸다. 종교적인 덕목이 강조되면서 성공이나 발전하려는 노력보다는 인내와 가난이 더 중요한 도덕성으로 간주되었다. 이처럼 러시아 인 특유의 생활관과 종교 및 역사는 독특한 이미지를 가진 러시아 예술을 길러낸 것이다. 인간 누구에게나 가장 중요하면서도 심오한 질문인 영생과 인간 존재, 죽음과 사랑, 양심, 신앙, 진실, 그리고 인간성의 의미가 무엇인가를 세밀히 분석하고 그 음률적 흐름을 깊게 명상함으로써 전체성과 개인성을 융합시키려는 러시아 예술의 특유한 이미지가 형성되었다고 본다.

러시아의 전체주의적 사회 구조에서 더욱 중요해진 예술의 역할 때문에 러시아에서는 예술은 최고의 지성으로, 예술인은 사회 지도자로 존경을 받게 된다. 음악을 전공하는 것은 물론 예술 행사에 취미로 참가하는 것조차도 사회 각계각층의 사람들에게 큰 인기를 얻었다. 전체주의 권력하에서 억압과 실의에 가득 찬 어려운 생활을 하는 사람들에게는 예술 문화라는 것이 더 나은, 더 밝은, 그리고 더 매혹적인 생활 방편으로 생각되었다. 러시아 지식인들이 향유했던 유일한 위안은 진실과 높은 정신력이 결국은 승리한다는 신념을 문학과 예술을 통해 표현할 수 있다는 것이었다.

이같은 음악 전통은 계속 발전되어오다가 1917년 10월 혁명을 맞아 대변혁기를 맞게 된다. 이후 수많은 예술가가 러시아를 떠나 프랑스, 미국 등으로 이주하였으나 훌륭하게 교육된 음악인들이 계속해서 소련에서 연주를 하고 또 학교에서 가르쳤음으로 공산주의 체제하에서도 음악 예술과 음악 교육에는 큰 변화와 혁신, 특히 기술적 진보가 가능했고 혁명 전의 현란한 전통과 창조적 에너지가 혁명 후에도 국가의 발전 목표로서 장려되었다. 그리하여 1920년대는 몽매하고 교육을 받지 못한 민중에게까지 문화를 이해시킨다는 사명은 많은 러시아 지식인들의 마음을 움직이는 호소력을 가지고 있었다. 음악 교육 제도도 새로운 체제에 순응할 수 있는 음악인을 육성한다는 목표 아래 개선되었고 음악학교, 스튜디오, 강습소, 오케스트라가 성인과 아이들을 위한 제도와 시설로 짧은 기간 동안에 다수 설립되었다. 또한 연주회는 말할 것도 없고 세계 문화와 음악을 소개하는 강연회가 대도시, 소도시를 불문하고 개최되었는데 이것은 그대로 만인을 위한 교육 그 자체였다고 본다.

국가가 고등교육기관을 전부 책임지고 관할하였고 콘서버토리 학생에게는 수업료를 받지 않았다. 그리하여 재능 있는 젊은이들이 음악을 공부할 수 있게 되었고 과거로부터 이어진 훌륭한 전통과 미래에 대한 희망은 서로 잘 융합되어 1920년대의 소련 음악 교육 및 연주 활동에 좋은 결실을 맺게 하였다.

러시아와 미국의 음악 전통은 근본적인 차이점이 있다. 교수와 학생이 갖고 있는 문화적 배경이 다르고 이들 집합체인 학교의 교풍과 학교가 속한 사회의 가치관이 다르므로 차이가 날 수밖에는 없다. 푸시킨 같은 시인을 민족의 영웅으로 존경하는 러시아와 여러 문화가 한데 섞여 상업주의Commercialism를 형성한 미국의 문화적 배경은 두 국가의 차이를 단적으로 보여준다.

문제는 러시아가 한 세기 전에 보어주었던 것처럼 문화의 황금기를 다시 전개할 수 있을 것인가라는 점이다. 21세기 현재는 19세기 말과는 국제 사회적 배경이 다르다. 지금은 정보화 시대로서 세계는 하나가 되어가고 있으며 모든 사람은 세계인이 되어가고 있다. 만국 공통어인 음악의 경우가 대표적으로서 이제는 어느 나라 출신의 음악인이 그 나라에만 남는다는 것은 힘들게 되었다. 이 같은 흐름은 문화적 우수성을 따라 흐르기보다는 경제력을 따라 흐르는 것이 현실이다. 그러므로 러시아 음악 발전에 있어서 가장 큰 걸림돌은 음악 자체가 아니라 경제력이라고 할 수 있다. 러시아가 우수한 음악인을 배출하더라도 경제력이 뒷받침되지 못한다면 음악인의 유출Musician Drain은 계속될 것이다.

그러나 탁월한 음악인Musician을 발굴하고 교육하는 것은 별개의 문제이다. 음악 시장의 세계화는 경제적으로 풍요로운 미국으로 음악인의 유출을 유발하지만 음악 교육의 자유 경쟁은 음악 문화적 뿌리와 배경이 강한 러시아로 점점 저울대가 기울어질 것으로 전망된다.

이같이 주장하는 근거의 하나로 최근 예술의 낭만주의가 되살아나고 있다는 점을 들 수 있다. 신낭만주의Neoromanticism 조류가 나타나고 있는 것이다. 과학 기술의 발달로 본연의 인간성이 망각되어가는 요즈음 세상에서 감정의 표현, 자발성, 음의 아름다움, 자연과의 대화, 느낌의 현란함이 더욱더 우리들에게 중요하고 필요하게 되며 합리적인 아이디어나 예외적인 음악 구조 또는 음감, 지적인 유희나 복잡성은 경원시되고 있다. 따라서 과거의 낭만주의적 보수성을 그대로 유지하고 있는 러시아 음악 전통이 다시 부활될 것이 분명하다고 본다.

Bach와 Chopin

대개 독주회 프로그램은 음악의 발달 시대 순으로 짜는데, 나는 연주 때마다 고전 음악을 대표하여 Bach의 작품을 넣었다. 물론 이것은 1960년대 당시의 흐름이기도 했지만 특별히 Bach 음악이 좋았기 때문이며, 더 깊이 공부하고픈 생각도 있었기 때문이었다.

어느 날 내가 살던 뉴욕 인근 Riverside 110가에 그 당시 가장 유명했던 Bach 연주자 Madamn Rosalyn Tureck로잘린 투렉이 산다는 것을 알고 반가운 마음에 무작정 찾아갔다. 시간 약속을 하기 위해 이름과 전화번호를 적고 연락을 기다리겠다는 메시지를 아파트 관리인에게 남겼다.

Rosalyn Tureck1914 ~ 2003은 뉴욕타임즈 신문 평에 "세계적인 Bach 음악의 성인"이라고 평가받을 만큼 명성이 높았다. 줄리어드에서 장학생으로 Olga Samarov와 공부했으며 졸업 후

Schubert Memorial 콩쿠르에 입상하였고 그 후 6차례의 전 Bach 음악 독주회로 Town Hall Endowment상을 수상하면서 Bach 연주의 제1인자로 인정받게 되었다. 런던타임즈는 평론을 통해 "전 세계를 통해 오늘날까지 생존한 유일한 Bach 연주가이며, 가장 학구적인 학자로서의 음악 연주이다"라는 찬사를 보내기도 했다.

며칠 후 Tureck 여사에게서 반가운 전화가 왔다. 약속을 잡고 긴장된 마음으로 연주할 2~3개의 곡을 준비해갔다. 문간에서 맞는 그녀의 모습은 아주 편안하여 전혀 부담감을 주지 않았다. 내 연주가 하나 끝나자 다른 말은 없이 다음은 무엇을 연주하겠느냐고 물었다. 곧바로 또 한 곡을 연주했다. 그런데 나의 연주가 끝나기도 전에 멈추게 하더니 나에게 물었다.

"너는 Bach를 좋아하는 것 같은데 Bach 연주가가 되고 싶은 생각이 있니?"

나는 당황했다. 그때만 해도 Chopin을 위해 태어난 연주자라는 평가를 받고 있던 나였기 때문이다. 무어라고 대답해야 될지 몰랐다.

다음 시간 약속을 하고 얼마 후엔 나도 네델란드의 Amsterdam과 Den Haag를 거치는 연주 여행을 떠났다. 그런데 이것이 웬일인가? 처음으로 내 Bach 연주에 대한 평이 나왔다.

'A perfectly satisfying concert, Especiaely her Bach interpreta-
tions was in the shadow of several Bach musicians who were born
considerably nearer to Leipziq(Where Bach was born).'

'완벽하게 만족시킨 공연. 특히 그녀의 바흐 음악 해석은 바흐
의 고향인 라이프치히 지방에서 태어난 바흐 음악가의 전통을
이어받았다.

이화여자대학교 졸업 연주에서 Bach의 Chaconne in d minor
를 연주했던 기억이 났다. 지금 생각해봐도 그때 이 엄청난 대곡
을 감히 어떻게 연주했는지 의심이 갈 정도다. 그런데 그 옛날에
썼던 악보를 어느 날 우연히 찾아냈다. 꼼꼼히 내 나름대로의 해
석법과 페달링이 적혀 있었으며 감정의 표시까지 기록되어 있음
을 보았다. 정말 이 곡을 좋아했던 것 같다.

물론 Bach는 하프시코드나 오르간으로 작품을 썼다. 악기의 음
악적 완성도가 제한된 그 시대에 Bach는 많은 어려움을 가졌던
것이 사실이다. 다시 말하여 하프시코드나 오르간 또는 clavier-
chord로 Bach의 음악을 연주하는 것으로 그 연주자가 Bach가 원
하는 그의 음악적 핵심을 전부 이해할 수 있다고 결코 말할 수 없
다. 이 악기들의 특이한 sonority나 구성 자체가 Bach 음악의 전
체적인 표현이라고 할 수 없기 때문이다. 객관적으로 Bach의 음
악은 어느 악기로 연주를 하든 Bach만이 가지고 있는 독특한 음

악 구성은 그의 음악 철학에서 비롯된 것이지, 악기에서 찾을 수 없는 것이라고 생각한다.

어렸을 때 Bach의 Invention이나 Well-Tempered Clavier의 Prelude에서 나는 마음의 깊은 슬픔과 이 슬픔의 그림들을 많이 보곤 했다. 사실 Bach의 음악에서 정서적으로 부딪히는 인간의 고통과 아픔을 느끼는 경험은 아주 드문 경우일 것이다.

Busoni arrangement의 Chaconne in d minor 작품에서도 나는 한없는 슬픔의 극치와 삶의 고통을 느꼈는데 바로 이 점이 내가 이 곡을 연주했을 때 갈채를 받은 것이 아닌가 생각한다.

우리는 Chopin의 음악을 공부하면서도 말로 표현할 수 없는 그의 극치의 음악성에 마주친다. Chopin은 비록 짧은 삶으로 생애를 마쳤지만 그가 남긴 피아노 음악들은 19세기 낭만주의 음악 흐름에 가장 거대한 공헌을 했다. 나는 항상 Chopin의 음악을 들으며 Chopin은 피아노 음악에 제한된 작곡가가 아니라, 그의 음악적 Style은 모든 다른 악기 연주자들에게도 공감을 주는 작곡가라는 생각을 하게 된다.

Chopin은 Bach와 Mozart를 특히 좋아했다. 누가 뭐래도 Chopin의 음악은 어디까지나 이들의 고전 음악 전통에, 더구나 Bach의 음악 철학에 가까웠고 Bach의 영향을 크게 받았다고 보는 것이 옳다. 진정한 Chopin의 애호가라면 틀림없이 Bach의 음

악을 좋아할 것이다. 보통 이상의 차이를 보이는 작곡가로 Bach
와 Chopin을 분리하는 이도 있지만, 진정한 음악 전문가라면 두
사람이 믿기 어려울 만큼 가까운 철학적 음악성을 같이 향유하고
있다는 내 의견에 찬동할 것으로 믿는다.

한옥수 교수의 저서.

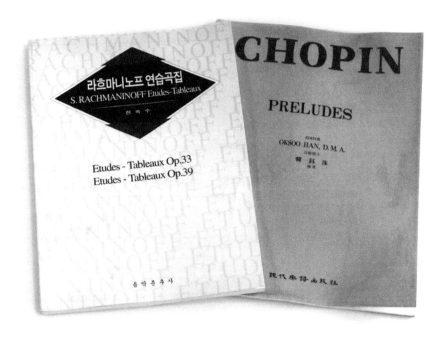

Bach 음악의 중요성

Chopin의 섬세한 Melody를 듣노라면 내 머리에는 못지않게 아름다운 Bach의 Aria나 Saraband 또 즐겨 듣는 Bach의 Motive 들이 연결된다. Aria 같은 경우 혼자 반주 없이 부를 수 있는 노래이며 17~18세기에는 opera에서까지 Aria를 부를 수 있을 정도로 그 발전은 대단했다. 이러한 점에서 나는 Bach의 곡에 내포된 음악적 개념을 서술하고 싶다.

"많은 피아니스트들이 종종 자기 기호나 감정에 맞추어 Bach의 음악을 해석하고 연구한다. 연주자도 인간인 이상 사람마다의 해석이 다르고 음악 역시 기계적인 복사가 아니라면 세부적인 Phrasing이나 Dynamics, Tempo 등은 물론 전체적인 이해에서까지 그 견해를 달리할 수 있다. 그러나 이 모든 것이 그 작품 자체의 구성과 뜻 안에서 허용되는 것이다."

세계적 Bach의 권위자이며 학자이자 피아니스트였던 Rosalyn Tureck의 이야기이다.

먼저 여기에 중요한 Bach 음악 구성의 몇 가지를 적어보겠다.

<Phrasing>

그의 음악에서 가장 중요하다고 생각되는 Phrasing은 이 자체가 큰 역할을 했고 필요성이 컸기 때문에 모든 연주자들은 어떻게 이것을 연결하여 하나의 조직적 구조를 형성할 수 있는지에 대해 많은 고심을 했다. 아직도 그것은 지속적인 과제로 뽑힌다.

다시 말하면 이 Phrasing이 어떻게 시작되었으며 또 어떻게 여러 다른 소리 내지 음계로 옮겨 표현되며 그 결과를 맺는지에 대해 깊이 연구할 필요가 있다. 그렇다면 우리가 잊지 말아야 되는 점은 이 작곡가의 작품에 대한 그의 내적인 형태를 반드시 알아내야 된다는 말이 된다.

<Dynamics>

먼저 서술했듯이 Hapsichord나 Clavier 또는 Organ을 통하여 Bach는 그만의 음악 철학을 충분히 표현하지는 못했을 것으로 믿는다. 다만 그의 음악은 그만이 가지고 있는 독특한 구성과 철학이 있었기에 그 많은 음악을 작곡할 수 있었을 것이라

고 생각한다. 예를 들어 요즘 어떤 연주자들은 피아노 이외에 Harpsichord나 다른 악기를 찾아 그가 원하는 음색을 마음대로 추측하며 장식음을 필요에 따라 더 넣고 빼고 하는 경우를 보는데 이것은 아주 잘못된 판단임을 알아야 한다.

그의 음악을 좀 더 효과 있게 연주할 수 있는 방법이 있다면 개개인의 손가락 강도에 의해 독립성과 음색의 변화를 잘 표현할 수 있는 점인데 이것은 Tempo의 차이에서 많은 변화를 볼 수 있으니 주의가 필요하다. 어떤 Tempo에서나 포함되어 있는 장식음을 전체적인 음악 구성에 연결 내지 맞도록 연주하는 방법이라 생각된다.

이외에도 Touch, Staccato, Tenuto 등이 Bach에서 중요한 요소들이지만 여기에서는 생략하고 대신 많은 연주자들이 혼동하는 Pedaling의 사용과 그 기능에 대하여 또 빼놓을 수 없는 Ornamentation장식음과 Fugue에 대하여 간단히 설명하려고 한다.

＜Pedaling＞
많은 학생들이나 연주자들마저 페달 사용에 대해 혼돈하거나 제 나름대로의 고집과 해석으로 남용하는 것을 많이 본다. 이 문제는 누구에게나 일어날 수 있는 보편적인 예라 할 수 있다.

사실 Bach 음악 연주에서 Pedaling은 여러 면으로 혼돈을 느끼게 하는데 그 이유 중의 하나는 Bach 시대 당시에는 Sustaining Ped가 없었다는 점이다. 다시 말하여 Legato의 특징을 상상 못 했던 것은 아니였지만 Organ이나 Clavierchord를 통하여 현대 piano에서 들을 수 있는 그 소리를 상상했었던 것으로 본다.

하나의 선을 Legato이어서로 연결하는데 Bach도 그 음의 연결성과 중요성을 몰랐을 리가 없고 따라서 끌어내야 되는 Sustaining 음과 Tone을 연결시키기 위해서라도 Bach는 분명히 Sustaining Ped요즘 피아노를 고려해 보았을 줄 믿는다.

<Ornamentation장식음>

Ornamentation을 19세기나 현대 음악에서 듣는 장식음으로 생각하면 안 된다. 왜냐하면 Baroque시대 음악에서는 쓰여진 음악 자체의 형성과 구성에 적용되는 가장 중요한 사용법이기 때문이다.

여기에 몇 가지 중요성을 살펴보면 다음과 같다.

1) Bach 음악 구조에는 장식음이 없어서는 안 되는 중요한 요소
2) 음악 곡상에 필요한 구성이 있어야 될 때 필연적인 사용
3) 멜로디나 전체적인 구성에 연결시킬 수 있는 중요성 때문

이외에도 여러 다른 중요성이 있을 것으로 믿는다.

특히 연주에서는 시간적인 여유, 음악적 구성을 생각하며 여유 있는 자세를 갖고 장식음 하나하나를 정확히 연주해야 된다는 것 등이 되겠다.

<Fugue>

Bach 음악에서 '후가'를 빼놓을 수 없다. 사실 학창 시절 때 연주회까지도 Programme에 Fugue를 쳐야 할 때면 내 악보는 정말 도로변을 그려놓은 듯 복잡한 암호와 신호판을 적어놓곤 했다. 그 만큼 암기하기에 힘들다는 말이다.

Motive나 Phrasing 자체가 몇 번이나 Sop, Alto, Baritone, Tenor 등 변화된 음계역에서 나열이 되는데 그 고유의 음악적 내용을 잊지 않고 4성에서 오가고 할 때마다 내용을 상실하지 않고 연결성을 유지하며 음악적 고귀함을 백분 완성하여 암기해야 한다. 사실 머리 좋은 것만 믿고 그냥 칠 수 있는 과제는 전혀 아니다.

Phrasing 그 자체가 바로 Fugue에서 작품의 목표가 되는 것인데 그 때문에 자기 나름대로 주법이 필요하며 그 관련성에서도 음악적 내용을 충분히 보여주어야만 된다. 자기 나름대로의 주법이 없다면 이 거대한 Fugue의 완성도는 실패하고 말 것이다.

마지막으로 그의 음악성에 관하여 간단히 이야기하려고 한다.

사실 Bach 자신의 Manuscript이 없기 때문에 책에 Bach 자신의 음악적 표시는 전혀 없다. 그렇다고 그의 Dynamics가 쓰여 있지 않기 때문에 연주할 수 없다는 말은 상식 밖의 이야기이다. 이런 경우에 우리는 어떻게 그의 음악을 더 이해할 수 있고 연주할 수 있단 말인가.

내가 서술한 중요성과 더불어 Rosalyn Tureck의 명언을 소개하고자 한다.

"자기에게 가장 맞는 연주법을 찾아 Time Value의 중요성을 지켜야 되며 각 음의 가치와 그 중요성을 인정하고 동시에 Bach가 원하는 style과 feeling을 느껴야 하며, 쓰여진 악보를 연주함에 있어 어느 다른 작곡가의 작품을 연주함과 같이 표현된 전체적인 예술을 고려해야 하며 기교적인 기교만이 연주함이 아니라는 것.

역시 연주에는 Phrasing, Dynamics 그리고 Tempo를 포함하여 작곡가의 철학에 맞도록 부분적 내지 전체적인 이해를 넓히지 않고는 결과적으로 훌륭한 예술의 표현이나 이해라고 말할 수 없다."

5 ^부

내 삶에 영원히 남을 사람들

영원한 후원자 아버지와 어머니

누군들 부모님의 은혜에 감사하는 마음을 가지지 않을까? 나 역시 지금도 어머니와 아버지를 떠올리면 가슴 한 켠에 싸르르한 통증이 느껴지곤 한다. 어머니와 아버지 두 분은 이 세상 어느 부모님보다도 자식을 위해 헌신하신 분들이다. 하지만 젊은 시절의 나는 부모님의 고마움을 가슴으로 느끼지 못했다. 특별히 말썽을 부리거나 실망을 시켜드린 적은 없으나 그분들의 마음을 먼저 헤아리는 딸이 되지는 못했다. 말하자면 나는 대견스러운 자식은 될 수 있을지언정 결코 '착한 딸'은 아니었다. 특히 유난히 고집이 세고 한군데 몰입을 하면 다른 일에는 관심을 두지 않았던 딸 때문에 부모님은 늘 노심초사하는 마음으로 평생을 사셔야 했다. 나이가 들어서 나 또한 부모의 입장이 되고 나서야 그 마음을 조금이나마 헤아릴 수 있게 되었다.

전통적인 가치관을 가지고 계셨던 부모님의 입장에서는 끊임

없이 신세계를 향해 가고자 하는 딸의 모습이 얼마나 불안하고 걱정스러우셨을까. 석사 학위를 마치고 귀국하기만을 학수고대하시던 두 분의 기대를 저버리고 줄리어드를 선택했을 때 크게 화를 내시던 아버지와 어머니의 마음을 그때는 몰랐었다. 물론 다시 똑같은 상황에 놓인다고 해도 나의 선택은 다르지 않을 것이다. 하지만 부모님의 마음을 헤아리고 안심을 시켜드리지 못했던 것은 지금도 회한으로 남는다. 어린 시절 레슨을 받으러 갈 때마다 내 주머니 속에 알사탕을 넣어주시고 추운 겨울이면 따끈한 군밤을 사서 손에 쥐어주시던 어머니의 마음. 먼 이국땅에 있는 딸을 위해 김치와 명란젓 등 반찬을 깡통에 담아 납땜으로 밀봉하여 국제 소포를 보내주시던 어머니의 정성. 그 모든 것들이 얼마나 소중한 것인지를 당시에는 알지 못했다. 그저 당연히 누려야 하는 나의 권리쯤으로 생각하고 있었다. 한참의 세월이 지난 후에야 내가 누렸던 작은 것 하나하나에 어머니의 손길이 닿아 있었다는 것을 깨닫게 되었다. 조금만 일찍 깨달을 수 있었더라면…….

요즈음 어머니가 나에게 베풀어주셨던 마음을 사랑하는 손주들을 위해 조금이나마 전하려고 노력한다. 그럴 때마다 문득 엉뚱한 상상을 해본다. 만일 천국에 계신 어머니가 지금의 내 모습을 보신다면 뭐라고 하실까. 아마도 이런 말씀을 하시지 않을까?

"옥수야. 이제 조금 철이 들었구나."

▲ 자택에서 어머니, 아버지와 함께 찍은 사진.
◀ 뉴욕을 방문한 어머니와 함께 찍은 사진.

아버지는 고독한 분이셨다. 어머니의 마음을 몰랐던 것처럼 아버지의 고독을 나는 알지 못했다. 사람들의 부러움과 찬사를 받았던 성공한 사업가였지만 아버지의 깊은 심연에는 늘 고독이 자리 잡고 있었다. 그것은 예술가로서의 결핍이었다. 가족과 회사에 대한 책임감 때문에 예술을 향한 열망을 마음껏 펼칠 기회는 늘 뒤로 미뤄야 했기에 아버지는 늘 고독해보였다.

1969년 4월 18일. 나는 그날을 잊지 못한다. 그날은 서울신문 회관 화랑에서 아버지 청란靑蘭 한경석 화백의 개인전이 열리던 날이었다. 전시된 작품들은 평생을 가족과 회사를 위해 살아오신 아버지께서 틈틈이 완성하신 작품들이었다. 아버지의 개인전이 열리던 당시 나는 미국과 유럽을 오가는 순회 연주회와 대학 강의를 이어가느라 몸이 열 개라도 모자라던 시절이었다. 부득이 참석할 수 없는 사정을 말씀드리자 아버지께서는 서운한 내색은커녕 호탕하게 웃으시며 "어디를 가든 건강만 잘 챙기라"고 당부하셨다. 그때는 몰랐다. 아버지의 호탕한 웃음 이면에 깊은 고독이 깔려 있었다는 것을. 나는 어머니께 부탁해 딸의 이름으로 축하 화환을 보내는 정도로 만족해야 했다. 어쩔 수 없는 사정이 있기는 했지만 '만일 만사를 제쳐두고 아버지의 개인전을 보러 갔었더라면 어땠을까?'라는 후회가 가끔씩 들곤 한다.

아버지의 작품은 화단에서 적지 않은 반응을 불러오기도 했다. 나중에 신문 기사, 사진, 방명록 등을 보고 국내에서 내로라하는

아버지 한경석 화백의 작품.

유명화가들이 극찬을 했다는 사실을 알았다. 특히 양화단을 대표하던 이당 김은호 선생, 청전 이상범 선생 등이 찾아와 국전國展 출품을 권유하는 등 선친의 실력을 인정했다고 한다. 아마도 아버지 생애를 통틀어 가장 큰 보람을 느낀 시간이었을 것이다. 그 시간을 함께하지 못한 것이 못내 아쉽기만 하다. 한참의 세월을 보내고 나서야 나는 아버지의 고독을 조금 이해하게 되었다.

2010년이 되어서야 나는 아버지가 남기신 작품들을 꼼꼼히 정리하여 대표작 50점을 골라 화집을 만들고 유작 전시회를 열었다. 살아생전 개인전에 참석하지 못한 딸의 불효를 그렇게라도 속죄하고 싶었던 것이다. 전시회를 마치고 작품은 박물관에 기증하기로 했다. 그것이 아버지께서 생전에 이루고 싶으셨던 꿈을 조금이나마 실현시켜 드리는 길이라고 생각했다.

"아버지의 고독을 이제야 좀 알 것 같아요. 틈만 나면 홀로 서재에 묻혀 밤을 새워 붓을 잡던 그 마음이 요즘에서야 통렬하게 느껴지네요."

아버지에 대해 묻는 기자의 질문에 이렇게 대답하자 이어서 기자는 아버지로부터 물려받은 예술적 영향이 무엇인지를 물었다. 나는 아버지의 작품 한 점을 어루만지며 이렇게 답했다.

아버지가 그린 달마도 앞에서 블라디미르 크라이니프(맨 왼쪽)와 함께. 아래 사진은
같은 그림 앞에서 다니엘 폴락맨(맨 왼쪽)과 함께.

"아버님은 말씀이 짧으셨지만 정곡을 찌르는 한마디를 툭툭 던지곤 하셨죠. '세상 살아가는 데 가장 중요한 건 자기 주관을 갖고 사는 것'이란 얘기도 그중 하나였어요. 아버님 글씨와 그림에 나타난 개성이야말로 평생을 견지하셨던 주관의 예술적 표현이란 생각이 듭니다."

아버지는 예술적 영향은 물론 나에게 삶의 가치관을 심어준 분이셨다.

내 나이 이제 팔십을 바라보고 있다. 홀연히 부모님과 재회할 날도 머지않았음이 새삼 느껴진다.

나를 깨우쳐준 스승들

좋은 음악가가 되기 위해서는 재능과 노력이 기본이 되어야겠지만 어떤 스승을 만나는가도 매우 중요하다. 그러한 의미에서 나는 매우 운이 좋은 음악가라고 생각한다. 유치원 시절부터 미국으로 건너가 피아니스트로 성장하기까지 내 곁에는 늘 훌륭한 선생님들이 계셨다. 그리고 한국으로 귀국하여 음악 교육자로 활동하면서도 언제나 나를 가르치셨던 스승님을 잊을 수 없었다. 대부분 고인이 되신 분들이지만 나는 지금도 스승님들의 목소리를 느끼곤 한다. 내가 만났던 선생님 한 분 한 분이 모두 고마운 분들이지만 특히 기억을 더듬어 지면에 남기고 싶은 분들이 있다.

한국 피아노의 원로 신재덕 선생님

선생님을 만난 것은 중학교 2학년 때였다. 이화여대에서 학생들을 지도하시던 선생님은 당시 한국을 대표하는 피아니스트이기도 했다. 선생님은 제자들의 재능과 장점을 찾아 스스로 살려나갈 수 있도록 도움을 주는 분이었다.

일찍이 경성여자고등보통학교지금의 경기여고 시절 경성공회당에서 피아노 독주회를 열어 뛰어난 재질을 인정받았고 이화여자전문학교지금의 이화여대 음악과에서 피아노를 전공하였다. 선생님은 피아노는 물론 작곡가로도 활동하셨는데 「퍼니 드림Funny Dream」이라는 피아노곡으로 작곡상을 받기도 하셨다. 그분을 만나기 전에도 음악에 대한 꿈과 열정은 있었지만 구체적으로 피아니스트가 되겠다는 계획을 품은 것은 바로 신재덕 선생님 덕분이었다. 말하자면 그분은 나의 롤모델이었던 것이다. 특히 무대 경험을 쌓을 수 있도록 기회를 주셨다. 고등학교 시절 나를 비롯하여 신재덕 선생님의 수제자들은 비교적 연주할 기회가 많았다. 선생님의 부군이신 오재경 당시 공보실장님은 업무상 외교적 행사를 많이 가지셨는데 미국 대사관 직원이나 다른 외국 손님들을 선생님 댁으로 초대하는 행사가 있을 때면 우리들을 불러 연주를 시키곤 했다. 그 후 이화여대 시절에도 김활란 총장님의 행사에 뽑혀 연주를 했고, 시향, KBS 교향악단과의 협연 및 독주회를 한 것으로 기억한다.

훗날 큰 무대에서도 긴장과 두려움 없이 당당하게 연주할 수 있었던 것도 생각해보면 신재덕 선생님 덕분이었다고 생각한다. 대학을 졸업하고 미국행을 결심했을 때도 선생님은 나에게 많은 조언을 해주셨다. 한국을 대표하는 피아니스트이자 훌륭한 교육자로서의 신재덕 선생님의 모습은 오랜 세월 동안 나의 롤모델이 되어 가야 할 길을 밝혀주었다.

Ilona Kabos 교수님과의 두 번의 약속

미국에서 처음 유학 생활을 시작한 신시내티대학에서 Madamn Conus를 만났다. 앞에서 밝힌 대로 그분을 통해 라흐마니노프의 일화를 전해 들었고 피아니스트로서 내가 가져야 할 자세를 배웠다. 줄리어드에서는 Edward Steuermann, Sasha Goronidzki, Ilona Kabos 교수, 그리고 Joseph Levine 교수를 만나는 행운을 얻었다. 당대 가장 저명한 교수들과 맺었던 사제의 관계는 정말 힘들었으나 용기와 희망을 갖게 해주었다. 그분들과 수백 번 울고 웃는 과정에서 음악의 극치와 환희를 맛볼 수 있었으며 그분들에게서 배운 아름다운 '선'의 가르침은 나의 삶을 풍요롭게 해준 위대한 자산이었다.

Kabos 교수님은 나에게서 영재성을 발견하였다며 큰 기대를 가지셨다. 피부색도 다르고 국적도 달랐지만 그분은 유독 나에 대해 남다른 애정을 보여주었다. 스승으로서 영재성을 가진 제자를 만난다는 것이 그렇게 큰 기쁨이라는 것을 그때는 이해하지 못했다. 훗날 고국에 돌아와 학생들을 가르치면서 뛰어난 제자를 발견할 때 Kabos 교수님의 마음에 공감할 수 있었다. 그것은 마치 그리운 연인을 만난 듯이 가슴이 뛰는 설렘이었다. 짐작컨대 그분도 나를 보면서 그런 느낌을 받았던 것이 아닌지. Kabos 교수님은 내가 평생 결혼하지 않기를 바라셨다. 오로지 피아니스트로만 살아가기를 권하셨다. 나 역시 교통사고를 당하기 전이나 이후에도 남자에 대해서는 아무런 관심이 없었으므로 Kabos 교수님의 권고에 따라 온종일 연습에만 매달렸다. 하지만 사람의 운명이란 알 수 없는 것. 지금의 남편과 결혼을 하고 첫 아이 수잔을 임신했다. Kabos 교수님과의 마지막 레슨을 가진 것은 그 분이 돌아가시기 6개월 전이었는데 교수님은 어느새 볼록 나온 내 배를 쓰다듬으시며 마치 유언을 하듯이 말씀했다.

"이 아이는 한 세기에 한 명 나오는 피아니스트로 꼭 만들어라."어쩌면 나에 대한 실망을 그렇게 표현하신 것인지도 모른다. 교수님의 말씀에 나도 그렇게 하겠노라고 답했다. 하지만 그 약속도 실천하지는 못했다. 당시 뱃속에 있던 딸아이가 열 살이 되면서 자신은 피아니스트의 길을 가지 않겠다고 선언했기 때문이다. Kabos 교수님이 나의 결혼을 막을 수 없었던 것처럼 나 역시 딸아이에게 선택을 강요할 수 없었다. 결국 그분과 했던 두 번의 약속 모두를 지키지 못한 셈이다. 하지만 Kabos 교수님이 지금의 내 모습을 보신다면 그리 서운해하지는 않을 것 같다. 왜냐하면

일로나 카보스 교수.

죠셉 레빈 교수.

나 역시 당신이 걸었던 길을 따라 한평생을 살았으므로.

데뷔 이후 바쁜 연주 생활이 시작되었고 미국은 물론 유럽, 캐나다 등에서 연주가로서의 나의 꿈이 이루어졌다. 이와 거의 동시에 롱아일랜드대학교C.W.Post College의 교수로도 임명되어 그 야말로 눈코 뜰 새 없는 바쁜 생활이 계속되었다.

당시 결혼은 하지 않기로 마음먹은 상태였다. 마음에 드는 남성도 없었지만 그보다 마음을 쓰고 싶지가 않았다. 전화가 걸려와도 절친한 지인이 아니면 그대로 끊어버렸다. 특히 남자의 전화라면 특히 그랬다. 그러다보니 한인 유학생들 사이에서 전화 예절도 모르는 건방진 여자라는 소문이 돌 정도였다. 그러나 그 시절이 정말 행복했다. 내가 하고 싶었던 일을 마음껏 할 수 있었고 부모님의 도움 없이도 여유 있는 생활을 할 수 있었다. 주일마다 Riverside Church에 가서 예배를 본 후 103번가에 있는 내 아파트까지 허드슨 강을 따라 걷는 시간이 비록 내가 쉴 수 있는 유일한 시간이었지만 내 마음은 부족함이 없었다.

그러한 와중에서도 레슨은 계속되었다. 레슨을 맡으신 일로나 카보쉬 교수님은 여걸이라는 별명에 걸맞게 제자들을 항상 엄하게 대했다. 아무리 열심히 공부하고 몸이 허약해질 정도로 연습을 해도 채찍질을 멈추지 않았다. 하루는 긴장된 마음으로 레슨실 앞에서 앞 학생이 끝나기를 기다리고 있는데 갑자기 벌컥 문이 열렸다. 곧바로 한 학생이 문밖으로 나오더니 책을 복도에 던

지고는 털썩 주저앉아 한숨만 내쉬는 게 아닌가.

레슨을 받다 교수님께 호되게 야단을 맞은 것이다. 나는 가슴을 쓸어내리며 방으로 들어섰다. 아니나 다를까 연주를 시작하자마자 교수님은 언성을 높였다.

"옥수, 너는 한 세기에 한두 명밖에는 갖고 태어나지 못하는 천부적인 재주가 있는 것을 너는 알고 있어?"

그것은 나에 대한 스승 Ilona Kabos 식의 질책이었다. 나는 할 말을 잃었다. 레슨을 마치자 그 호랑이 선생님은 붉은 포도주를 예쁜 크리스탈 잔에 절반을 채우더니 나에게 건넸다. 헝가리 출신의 카보쉬 교수는 영국에 이민하여 피아니스트로 명성을 얻은 분으로 그 후 줄리어드가 특별교수로 초청한 분이다. 그분의 이름 앞에는 늘 여걸 혹은 호랑이라는 별칭이 따라붙을 정도로 호탕한 성격이었는데 나에게 만큼은 질책의 방식도 달랐다. 성품이나 음악적 취향면에서 공통점이 많아서 수업 이외에도 함께 대화를 나눌 기회가 많았다. 특히 Horowitz의 연주곡을 함께 들으며 섬세한 느낌이 일치할 때는 나를 바라보며 호탕하게 웃으시곤 했던 것이 생각난다.

내 인생 멘토 Edward Steuermann

내 삶에 영향을 준 잊을 수 없는 선생님들이 여럿 계시지만 단한 분의 스승을 꼽으라면 누가 뭐래도 스토이어만Edward Steuermann교수님이 아닐까? 줄리어드 오디션에서 나를 뽑아주시고 교통사고를 당해 병원 신세를 지고 있을 때 노구를 이끌고 두 번씩이나 병문안을 오셨던 분. 나의 사고 소식을 다룬 뉴욕타임즈의 기사를 떨리는 목소리로 읽어주시며 안타까움을 감추고 용기를 주셨던 분이 바로 스토이어만 선생님이었기 때문이다. 교통사고를 극복하고 카네기 홀 무대에 섰을 때 지병으로 참석하시지 못한 것을 얼마나 아쉬워했던가. 또한 요양 중에 내가 그린 그림을 가장 잘 보이는 거실 벽에 걸어놓고 돌아가시는 날까지 나를 응원해 주셨던 그 고마움을 나는 지금도 잊을 수 없다.

하지만 공부를 시작하고 적응하기까지 어려움도 많았다. 스토이어만 교수님의 교수법은 여러 면에서 매우 철저해서 체력이 약했던 나로서는 따라가기가 매우 힘들었다. 보통 170~180센티미더 키에 강한 체력을 가진 서양 학생들과 겨루기에는 나는 너무나 빈약했고 엄청난 연습량을 소화해낼 정도의 에너지를 내는 데는 힘들었던 것이다. 나는 이런 약점과 부족함을 알았기에 이를 극복하기 위해서 매일같이 피나는 노력을 해야 한다는 각오를 다져야 했다. 특히 음악적 해석과 느낌의 표현에서 다른 학생들보다 우월해야 한다는 부담감이 있었다. 그러다보니 무리한 연습과 밤샘 공부로 나의 몸과 마음은 지쳐갔다. 게다가 부모님의 반대를 무릅쓰고 줄리어드로 온 상황이어서 심리적으로 안정을 찾기 어려웠다.

그날은 스토이어만 교수님께 호되게 야단을 맞은 날이었다. 모든 것이 절망스러웠다. 나 자신이 너무 초라하고 실망스럽게만 느껴져 무작정 길을 걸었다. '부모님의 기대를 저버리고 내 고집대로 선택한 길이 고작 이것이란 말인가' 절망과 좌절이 밀려들면서 정신마저 혼미한 상태가 되었다. 나는 어느새 Riverside Drive 강변을 터덜거리며 걷고 있었다. 발 아래로 시커먼 강물이 보였다. 마침 바람이 거센 날이어서 일렁이는 강물이 마치 거대한 괴물로 변해 혀를 널름거리며 나를 삼키려드는 것만 같았다. 순간 나는 아무런 의지도 의욕도 내려놓은 채 시커먼 강물로 빨려 들어갔다. 무의식적으로 고단한 삶과 힘든 일상에서 벗어나고 싶었던 것일까. 아니면 부모님에 대한 죄책감 때문이었을까. 나는 정신을 놓고 말았다. 마치 무언가에 홀린 듯이 나의 육신이 시커먼 강물에 휩쓸리고 있는데도 물이 차갑다는 생각조차 하지 못했다. 살려달라는 비명조차 나오지 않았다. 혼미한 정신에 강변을 보니 청년 한 사람이 나를 향해 강물로 뛰어드는 것이 보였다.

정신을 차렸을 때 나는 병원 응급실에 누워 있었다. 마침 강변을 지나던 청년이 나를 구하지 않았다면 어떻게 되었을까. 몇 시간을 더 있다 의사의 지시로 간신히 귀가를 한 후 나는 스스로에 대해 다시 생각해보았다. 지나친 욕심과 조급함이 있었던 것은 아닐까. 타향 생활을 하면서 여유를 잃어버렸던 것은 아닐까.

다음 레슨 시간에 스토이어만 교수님은 마치 내 마음속을 들여

다보기라도 한 듯이 따뜻한 말로 나에게 용기를 북돋아주셨다. 아마도 내 표정과 행동에서 뭔가 다른 것을 알아차리지 않았을까. 지금도 뉴욕에 갈 때면 시간을 내어 Riverside를 걷곤 한다. 그 길을 걸으며 나를 구해준 청년과 용기를 북돋아주신 스토이어만 스승님을 떠올리면 어느새 내 얼굴엔 엷은 미소가 지어진다. 나의 청춘 시대의 고민과 아스라한 추억을 간직한 곳, 만일 스토이어만 교수님을 다시 만날 수만 있다면 함께 강변을 걸으며 청춘 시절 겪었던 일들을 들려드리고 싶다.

잊지 못할 제자 심은하

　나에게 피아니스트로서 가장 기억에 남는 공연을 들라고 하면 당연히 카네기 홀에서의 데뷔 무대라고 말할 것이다. 반면 교육자로서 가장 기억에 남는 제자를 꼽으라고 한다면 꽃다운 나이에 세상을 떠난 피아니스트 심은하를 떠올리게 된다. 내가 심은하 양을 만난 건 롱아일랜드 교수직을 내려놓고 영구 귀국하여 한국 학생들을 가르치던 때였다. 당시 나는 영구 귀국을 결정하고 고국에 돌아와 한국 생활에 적응하는 과정에서 여러 어려움을 겪고 있었다. 미국으로 유학을 떠날 때만 해도 이화여대 총장이셨던 김활란 박사님과 김영의 학장님께서 귀국하면 이화여대에서 교수로 활동해달라고 말씀하셨지만 김활란 박사님은 이미 고인이 되셨고 김영의 학장님은 은퇴 후에 학교 이사장으로 계셨지만 교수직을 요구할 수는 없었다. 더구나 남편의 KIST와의 계약 때문에 갑자기 귀국하였으니 부모님 외에는 알리지도 못한 형편이었다. 굳이 교수 자리에 연연했었다면 미국에서의 경력을 내세워 다른 학교라도 알아볼 수 있었을 것이다. 하지만 내 나름대로는 안정적인 교수로 남기보다는 피아니스트로서 활동하면서 한국의 음악 영재들을 조기에 발굴하는 일에 관심을 두기로 했다. 그때 만난 제자가 바로 심은하 양이다. 당시 초등학생이던 심 양은 제자들 중에서도 탁월한 예술적 재능을 보여주었다. 앳되고 귀여운 모습의 은하는 늘 진지한 얼굴로 내 말 한마디 한마디에 귀를 기울이곤 했던 것이 생각난다. 1979년 경향신문과 이화여대가 주최하는 전국 학생 콩쿠르 초등학생부 1등을 하면서 두각을 나타낸 은하는 다음 해인 선화예중 1학년 때 줄리어드 음대 예비학교 장학생으로 선발될 정도로 천재적인 실력을 보여주었다.

교육자라면 훌륭한 제자를 발굴하고 가르친다는 것이 얼마나 자랑스럽고 보람을 느끼는 일인지 알 것이다. 나에게 은하는 그러한 제자였다. 게다가 은하는 예의 바르고 겸손한 성품까지 갖춘 인재였다. 서양화가이신 심명보 화백의 딸로 일찍이 예술적 감각을 익힌 은하. 줄리어드에서 공부를 마치고 돌아와서는 연주자로서 교육자로서 활발히 자신의 역량을 쏟아내는 모습을 보면서 마치 나의 분신을 바라보는 듯한 뿌듯한 감정을 느끼곤 했다.

서른을 갓 넘은 싱그러운 나이의 은하가 영정 속에서 웃고 있었다. 불의의 교통사고로 우리의 곁을 떠난 것이다. 어쩌면 교통사고마저 나를 닮았을까? 닮으려면 사고를 당하고도 살아난 나처럼 끈질긴 목숨까지 닮을 일이지…….

지금도 은하를 마지막으로 보았던 날이 생생하게 떠오른다. 은하를 보내면서 내가 썼던 추모의 글과 시 한편을 여기에 싣는다. 어느덧 20년 가까이 세월이 지났지만 내 마음 속에 여전히 사랑스러운 제자로 남아 있는 피아니스트 심은하를 위해.

1994년 (사)가원국제음악문화회 설립 리셉션에서
제자 심은하(줄무늬 치마를 입은 이)와 함께.

아름답고 순수했던

피아니스트 故심은하 영전에 바치는 소고

한옥수

사람과 사람과의 만남, 인연……. 우린 그 속에서 삶의 융화와 아름다움을 찾고 맛보며 때로는 고배를 마시기도 하며 여러 모양 새로 다가오는 희로애락을 생활로 받아들이기도 한다. 또 그러한 가운데 '사랑'을 마음에 새기게 되고 나누기도 하며 더러는 그것으로 인해 크고 작은 상처를 받기도 한다. 그러는 한편, 그 안에서 서로의 신뢰를 쌓으며 시간과 공간을 공유함으로써 '믿음'을 두텁게 다져나가는 것이리라. 그렇게 삶의 조형을 형상화하며 다양하고도 많은 경험과 체험을 수용하고 체득하면서 스스로를 각인하여 이끌어온 나날들. 그리고 삶과 생활 반경의 일부분인 '음악'의 아름답고도 순수하며 소중한 생명체를 사랑으로 보듬고 살찌우며 살아왔다. 그렇게 삶의 모든 것이라 할 수 있는 소중한 음악을 통해 얻은 진실한 만남과 인연은 필자의 삶에서 진정한 행복이 아닐 수 없다. 이렇듯 부연을 다는 이유는 필자가 최근 미국에서 열린 The World Piano Competition의 심사위원으로 초빙되어 심사와 마스터 클래스 등 바쁜 일정을 보내고 귀국할 즈음에 접한 제자의 소식 때문이다. 불의의 교통사고로 세상을 떠난 제자의 소식을 듣고 만남과 인연의 비애, 사랑과 슬픔이 가슴에 사무친 그 애통함을 표현하기 위함이다.

선화예중 1학년 때 줄리어드 장학생 발탁

필자가 한국에 귀국하여 연주자와 교육자로 자리매김을 하고 있을 무렵 만난 심은하는 어려서부터 피아노에 입문하여 피아노 계의 몇 안 되는 우수한 인재였다. 그는 중학 시절부터 쇼팽의 콘체르토를 풍부한 감성과 음악성으로 소화했던 전도유망한 영재였다.

일찍부터 예술적 차원에서 음악을 표현한 넘쳐나는 음악성을 지닌 연주자로서 주목을 한 몸에 받았다. 그의 음악 세계는 서양화가인 부친 심명보 화백의 예술성과 자신의 감성이 적절히 배합되어 순수한 아름다움을 추구하고 있었던 것이다. 그런 피아니스트로서의 음악적인 역량을 발휘한 활동 사항을 소개해본다.

1980년 선화재단의 초청으로 내한한 줄리어드 예비학교의 교장이었던 올레그나 푸스키 교수는 심은하를 대하자 "화려한 색채감으로 내적 세계를 표현해내는 놀라운 아이"라며 그의 타고난 음악성에 칭찬을 아끼지 않았다. 뿐만 아니라 발군의 실력을 가진 그녀를 장학생으로 발탁, 선화예중 1학년 때 미국행 비행기에 올라 동양인으로는 몇 안 되는 인재로 현지에서 주목을 받았다.

이미 국내에서 이화경향 콩쿠르를 비롯한 국내 유수의 콩쿠르를 석권함으로써 뛰어난 음악성을 인정받은 그녀는 14세 때 고려교향악단과 협연하여 연주자로서의 기량을 과시했고, 도미하여 뉴욕시티 Corp. 센터와 뉴욕 웨이브힐 아모르 홀에서 연주, 유학 중 방한하여 월간음악 주최 차세대 음악 데뷔 독주회 및 링컨 센터 파울 홀에서 다수의 독주회를 가졌다.

한국 음악 1세기 다음 세대 유망주로 촉망

심은하는 줄리어드 베토벤 콩쿠르와 뉴저지 서미트 오케스트라 콩쿠르 입상 외에도 줄리어드 저지시티 스테이트 컬리지 커뮤니티 오케스트라와 협연, 알리아스 피아노 트리오와 연주를 가진 바 있다. 귀국 후에는 연주자로서 자신의 음악에 열정을 토하며 교육자로서도 후학 지도에 남다른 애정을 갖고 혼신의 힘을 기울여 왔다.

"음악을 마음에 부딪쳐서 거기서 일어나는 영상을 건반에 옮겨 놓은 음의 화가 심은하. 그의 음악에서는 미술적 영상이 떠오른다는 점이 강한 특징이다."

"그는 연주하는 행위란 단순히 하나의 악기를 다루고 있는 노동이 아니라는 것도 알았다. 그는 피아노를 의인화시켜 자신의 이야기를 피아노에게 시키고 있고 자신의 표정을 짓게 하고 있다."

"그의 음악은 문학적 이미지를 가지고 있다는 것을 알게 된다.

내적인 움직임을 강약, 음의 대비 등을 통하여 마음의 표정을 전달시키는 것이다. 심은하를 통해서 '음악이 말을 하고 있다'는 인식을 받게 된다."

필자가 알고 있는 심은하의 단편적인 연주 평과 짧은 일대기에서 확인할 수 있듯이 그녀는 참으로 성실히 자신의 삶을 영글어가던 음악인이었다. 그런 그가 이미 이 세상 사람이 아니게 되고 그녀의 발인날에 소식을 접한 그 순간 불현듯 가슴에 와 닿는 것이 있었다. 이 짧은 인생을 보내기 위해 혹독히 훈련을 받고 어려서부터 조기 교육이니 영재 교육이니 해서 공부에 모든 것을 쏟아부었던 필자 자신도 그렇고 심은하의 노력 또한 부질없다는 부족한 인생의 후회가 일었다.

그동안 수많은 영재들을 지도한 지금에 와서 더구나 온순하고 가장 순수한 학생이었던 그녀가, 천사처럼 순수하게 모든 것에 순응했던 그녀가 필자보다 앞서 길을 떠난 것에 대한 애석함과 애통함을 어떻게 표현해야 할지…….

타고난 재질을 지녀 나날이 발전하는 모습을 볼 때 느낀 즐거움을 간직할 수 없는 채. 그리고 그녀를 지도했던 줄리어드 음대 레이호프 교수가 필자에게 "이토록 순수하고 창작력이 뛰어난 학생은 처음"이라며 칭찬을 아끼지 않았던 그 뿌듯한 말씀이 아직도 귓전에 생생한데…….

연주자 · 교육자로서 예술적 삶을 영혼으로 승화

1996년 포천에서 썸머 캠프를 마치고 서울에서 만나 점심을 나누며 "선생님, 제가 늦게나마 좋은 제자들을 많이 기르고 있고, 훌륭한 남편을 만나 아주 행복하게 살고 있어요."라며 행복한 미소를 띠던 심은하의 모습에 마음이 훈훈했었다. 하지만 그날이 그녀와의 마지막 시간이 될 줄이야……

그리고 헤어지며 "이젠 아이들도 컸으니 연주 무대로 돌아가겠다."라며 필자가 바라던 희망을 안겨주더니 이젠 자연과도 같은 순수한 그녀의 연주조차 들어볼 수도, 따뜻한 인간애를 지닌 그녀를 만날 수도 없게 되었다. 이제 천국에서 편안히 하나님의 보호 아래 사랑받고 있으리라는 믿음으로 마음을 위로하며, 마지막으로 살아생전 너무나도 아름답고 고왔던 피아니스트 심은하의 영전에 필자의 이름으로 한 편의 시詩를 지어 바친다.

은하를 보내면서

그 곱고 아름다운 너의 미소는
꿈을 등지고 사라지고
너는 불러도 말이 없이 이제
먼 곳으로 가버렸구나

천사와 같은 네 마음은

내 마음에서 영원히 날개짓 하는데

흐르는 눈물만이 이 가슴을 적시운다

어린 시절

쇼팽 협주곡의 명연주는

오늘의 슬픔을 알려주기나 하듯

나를 감동시키고

또 모든 이들을 경탄케 했음을

너는 알고 있었느냐

그 고운 아름다운 너의 미소는

꿈과 함께

멀리, 또 멀리 날아가 버린 것을

못다 이룬 너의 꿈을

우리 모두는 간직하고 기억할 것이니

그칠 줄 모르는 눈물로

새 음을 키워 보자꾸나

–『음악춘추』1998년 9월호

13년을 같이 한 시아미즈 고양이 '보쿠'

무려 13년을 나와 함께 한 시아미즈 고양이 '보쿠'의 이야기를 꼭 남기고 싶다. 보쿠라는 이름은 프랑스어로 'merci bocu대단히 감사합니다'에서 따온 것이다.

1964년 뉴욕 데뷔를 시작으로 내 생활은 분주하고 바쁜 일정들로 짜여지게 되었다. 연주 스케줄은 꽉 차 있고, 또 1966년부터는 롱아일랜드대학교 교수직도 맡게 되니 정말 슈퍼마켓 가는 것조차 시간 내기 힘든 처지가 된 것이다. 하지만 연습을 끝내고 혼자 적당히 음식을 만들어 먹고 약간의 여유가 생기면 보고 싶은 부모님에 대한 외로움이 밀려들었다. 하지만 나의 고독을 위로해 줄 수 있는 것이라곤 별로 없었다. 그럴 때면 포코노 산맥의 오두막 별장에서 함께했던 친구들 오소리, 토끼 등이 그리워지곤 했다. 그래서 시간을 내서 나는 무턱대고 브로드웨이 76번가 근처에 있는 유명한 pet shop을 찾았다. 내 사정을 듣고는 주인이 내

놓은 것은 다섯 마리 시아미즈 고양이 새끼.

시아미즈 고양이는 겉보기에도 생김새나 털이나 그 눈초리의 영리함이 다른 일반 반려동물과는 분명히 차이가 났다. 주인의 말에 의하면 엄마 품에서 떨어져 상점에 나온 지 약 3일밖에 안 되었다는 것이다. 나는 마치 의사가 환자를 진찰하듯 이들의 노는 모습, 눈이 마주칠 때의 반응, 건강 및 활동 반경을 두루두루 물어보며 약 한 시간여를 관찰했다. 마침내 그 중 처음 시선을 두었던 '보쿠'가 나오더니 나에게 다가왔다. 생각해보면 보쿠도 나와의 인연을 직감했던 것 같다. 나는 무조건 고양이를 기르는 데 필요한 침구, 놀이감, 먹이, 영양제, 빗 등의 물품 일체를 구입하고 보쿠의 생일이 기록된 증서도 받아 집으로 함께 왔다. 그것이 보쿠가 내 유일한 미국 식구가 된 첫 만남이었다.

내가 가장 걱정했던 것은 혹시라도 피아노 연습을 하기 시작하면 그 소리에 어떤 반응을 보일지에 대한 우려였다. 고양이나 개들은 피아노 소리를 참지 못하고 이상한 행동을 하는 경우가 종종 있다고 들었기 때문이었다. 다행히도 보쿠는 피아노 소리를 듣는 둥 마는 둥 상관도 하지 않았고 자기 놀이에만 열중하여 내심 고마웠다.

해외 연주를 위해 장기 여행을 갈 때는 꼭 애완동물 보호소에 맡겨야 마음을 놓을 수 있었다. 학교에서 퇴근해 집으로 돌아올 때면 엘리베이터에서 내려 아파트 현관으로 걸어오는 내 발자국 소리를 어떻게 감지했는지 보쿠는 현관문 앞에서 나를 기다리다가 문이 열리자마자 뛰어올라 내 가슴에 안기는 아이였다. 보쿠는 나의 유일한 대화 상대였으며 그 아이도 불만이 있으면 어떤 환경에서도 자기 의사를 자기 나름대로의 행동이나 울음소리로 표현하였다. 방식은 다르지만 보쿠와 나는 서로 마음으로 깊은 대화를 나누고 소통했던 것이다. 약 2년 동안 그런 생활을 하다 보니 보쿠도 답답하고 외로워하는 것 같았다. 나는 처음 보쿠를 데려온 상점을 찾아가 주인과 상담을 하였다. 그는 보쿠와 같은 시아미즈 고양이 한 마리를 더 구입하여 보쿠의 친구가 되게 해주라고 조언을 해주었다. 그렇게 하여 보쿠의 짝이 된 두 번째 시아미즈 고양이가 '카냐Kanya, 러시아식 이름인데 보쿠가 너무 미남이어서인지 카냐는 보쿠에 비해서는 외모가 예쁜 편은 아니었다. 하지만 카냐는 보쿠의 절친한 친구가 되어 아주 재미있게 놀아주었으므로 나로서는 더 이상 바랄 게 없었다.

시아미즈 고양이 한 쌍을 기르던 나는 이후 뉴욕에서 결혼하여 남편 박원훈 박사를 따라 휴스턴으로 일 년 동안의 안식년을 받아 내려갔는데 보쿠와 카냐도 동행했음은 물론이다. 휴스턴의 아파트는 더운 지방답게 중앙 정원에 수영장도 있었는데, 보쿠는 허니문 베이비를 임신한 내가 잘 놀아주지 못해서인지, 아니면 퇴근한 남편이 반가워서인지 문만 열리면 중앙 정원으로 뛰쳐나가 가운데 서 있는 나무에 올라타는 것이 취미가 되었다. 그러던 어

한옥수 교수의 동반자나 다름 없었던 보쿠(오른쪽 위와 오른쪽 아래), 윌리(왼쪽 위)와 그리고 반려견들.

느 날 동네에 사는 자기 크기의 열 배가 넘는 독일종 도베르만 개가 나타나면 힘자랑이라도 하려는 것처럼 나무에서 내려와 달려드는 것이 아닌가. 급하게 싸움을 말리던 남편이 팔에 상처를 입은 적도 있는데 남편도 나 못지않게 동물을 사랑하여 한 번도 불평을 한 적이 없다. 내가 몸이 무거운 탓에 잘 놀아주지 못해서였는지 보쿠가 남편 옆에서 잠을 자기 시작한 것도 이때부터였다.

보쿠의 영특함이 입증된 것은 첫 아이 수현이를 낳고 퇴원해서 집으로 돌아온 날이었다. 보쿠가 성격이 날카롭고 질투심이 강한 것을 잘 아는 남편은 혹시라도 아무 방어도 할 수 없는 어린 아기를 보쿠가 해코지하지 않을까 염려를 해서 만약의 경우 보쿠를 병원으로 보낼 생각까지 하고 있었으며 나도 그 말에 동의하였다. 보쿠에게는 미안했지만 새로 태어난 아기를 위해서는 어쩔 수 없는 일이었다.

딸 수현이와 보쿠의 첫 만남은 우리 부부의 가슴을 졸이게 했다. 나는 혹시나 하는 생각에 보쿠가 수현이 근처에 오는 것을 말리려했으나 남편은 오히려 어떻게 하는지 우선 지켜보는 게 좋겠다고 했다. 이내 보쿠는 수현이의 냄새를 맡으며 서너 번 이상 주위를 뱅글뱅글 맴돌더니 침대에서 내려오는 것이 아닌가. 박원훈 박사가 수현이를 침대에 내려놓으며 "집안의 귀한 새 식구이니 절대 건드려서는 안 되며 잘 보호해줘야 한다"는 당부의 말을 정말 다 알아들은 것 같았다. 그 후로 보쿠는 단 한 번도 수현이 근처에는 얼씬도 하지 않았으며 그래서 남편과 내가 보쿠를 더 사랑하게 되었는지 모르겠다.

그 후 귀국하면서 보쿠와 카냐도 같은 비행기를 타고 한국으로 왔으니 우리 식구의 일원임이 분명하다. 한국에서의 생활은 식구들이 많아서 그 아이들은 더 이상 외로울 틈이 없었을 것이다. 그래도 나처럼 한국 생활에 적응하느라 무척 고생했을 것이다. 13년 동안 나의 변함없는 사랑을 받은 만큼 나에게 애정을 보여준 보쿠와 카냐는 수명을 다하고 먼저 저 세상으로 갔다. 남편 박원훈 박사는 KIST 동산에 연구 과제로 지은 '태양의 집' 언덕에 둘을 묻어주었다. 한나절 내내 햇볕이 잘 들고 전경이 아름다운 곳이라 사후 생활도 평안할 것으로 믿는다.

이후로는 고양이를 반려동물로 기르지 않고 강아지를 키우기 시작했다. 코커스파이넬, 요크셔테리어, 도베르만, 잭 러셀테리어가 마당에서 뛰어놀던 장면이 순차적으로 떠오른다. 그중에서도 마지막으로 내가 기른 슈나우저 '윌리'의 눈물 젖은 눈동자가 뇌리를 스친다. 나와 가장 많은 사랑의 대화를 나눈 아이다.

나의 고독을 함께 해준 보쿠와 카냐 …… 그리고 윌리. 나의 사랑하는 아이들아! 정말 고마웠어. 사랑한다.

6^부

가원의 꿈!
한국 음악의 세계화

GAWON
INTERNATIONAL
PIANO COMPETITION
(BIENNIAL)

September 5-6th, 2016
Seoul, Korea

GAWON AWARD
(Prize of $10,000)

Application Deadline : the end of December (every odd year)

Oksoo Han, Chairman
Gawon International Music Society

www.gawonaward.com

(사)가원국제음악문화회의 태동 배경

사단법인 가원국제음악문화회와 가원상이 태동하게 된 출발점은 내가 한국으로 귀국하던 1972년으로 거슬러 올라간다. 앞에서도 밝힌 바와 같이 나는 귀국 전까지 롱아일랜드대학교에서 교수로 재직하면서 세계 각지를 다니며 연주 활동을 하고 있었다. 그것이 음악인으로서 개인적인 성공은 물론 한국의 음악을 널리 알리는 역할이었다고 자부한다. 그런데 남편인 박원훈 박사가 KIST의 유치 과학자로 초청되는 바람에 우여곡절 끝에 귀국을 결정할 수밖에 없었다. 말하자면 1972년의 귀국 결정은 나 스스로의 판단이었다기보다는 여러 가지 상황으로 인해 어쩔 수 없이 선택한 일이었던 것이다. 갑작스럽게 이루어진 귀국이다 보니 내가 안정적으로 음악 활동을 할 수 있는 여건이 마련되어 있지 않은 것은 당연했다. 미국으로 떠날 당시 이화여대의 김활란 총장께서 교수직을 약속한 바가 있지만 시기적으로나 현실적으로 나를 위한 자리가 비어 있을 리 없었다. 또한 미국 생활에 익숙했던 터라 오랜만에 경험하는 한국 생활에 어려움도 많았다. 1970년대 초반 한국의 생활 여건은 지금과는 달리 매우 열악했다. 뉴욕에서 편리한 생활에 길들여져 있던 나는 일상에서 겪는 사소한 것에서도 어려움을 겪었다. 귀국 후 몇 년간은 방황의 시기를 보내야 했다. 귀국을 후회하기도 했고 남편을 원망하는 마음이 생기기도 했다. 지금 생각해보면 과거에 집착하기보다는 항상 미래를 향해 나아가는 나의 성격이 문제들을 해결하는 데 많은 도움을 주었다고 본다. 나는 스스로에게 주문을 걸 듯 다짐을 했다.

'하나님께서 너에게 특별한 임무를 주신 거야.'

그렇게 마음을 먹으니 모든 것이 긍정적으로 보였으며 음악인으로서 어디서든 음악을 계속할 수 있다면 그것만으로도 축복이라고 생각했다. 직위와 직함에 연연하기보다는 진정으로 한국 음악을 위해 기여할 수 있는 길을 찾는 것이 더 중요하다고 생각된 것이다.

우선 모교인 이화여대 강사로 학생들을 만나기 시작했다. 당시 대부분의 대학에서 이루어지는 음악 교육은 내가 대학생 시절에 받았던 교육 방식을 크게 벗어나지 못하고 있었다. 주로 1:1 레슨 방식의 수업과 도제식 강의가 이루어지고 있었는데 나는 그러한 모습을 보면서 음악 교육에도 변화가 필요하다는 것을 느끼고 새로운 시도를 하기로 했다. 그렇다고 기존의 방식이 가진 장점을 전면 부정하는 것은 아니었다. 학생들이 보다 폭넓은 예술적 영감을 획득하기 위해서는 더 많은 음악을 듣고 스스로 깨달을 수 있는 기회를 확대해야 한다고 본 것이다.

우선 학생들을 대상으로 마스터 클래스 방식의 수업을 시도하였다. 마스터 클래스는 1:1 레슨 방식의 수업과는 달리 다른 사람의 연주를 듣고 평가하며 장단점을 스스로 깨우치게 하는 효과가 있다. 강사는 꾸중과 질책보다 장단점을 평가하고 대안을 제시하는 방식으로 수업을 진행하는 역할을 하는 것이다.

새롭게 시도한 수업에 대한 반응은 가히 폭발적이었다. 내 교육 방식에 대한 소문이 퍼지기 시작하더니 전국에서 학생들과 학부모들이 몰려들기 시작했다. 교통망이 열악했던 때라 부산, 광주 등 지역의 학생들은 밤 열차를 타고 새벽에 서울에 도착하여 집으로 찾아오기도 했다. 그중에는 재능과 열정을 겸비한 학생들이 많았다.

눈코 뜰 새 없이 바쁜 일정을 소화하느라 정신이 없는 와중에 문득 이런 생각이 들었다. '내가 해야 할 일은 한국 음악 교육의 새로운 장을 열어야 하는 게 아닐까?' 동시에 내 머릿속에는 새로운 프로젝트가 만들어지고 있었다.

1975년 가을 내 머릿속에서 기획하였던 프로젝트가 현실화되었다. 이화여대에서 열린 〈줄리어드 교수 초청 마스터 클래스 및 뮤직 페스티벌〉은 학생들은 물론 한국의 모든 피아니스트들을 열광시킨 일대 사건이었다. 세계적인 피아니스트의 연주를 직접들을 수 있는 기회도 드문 시절이었는데 '뮤직 페스티벌'이라니 그것은 음악인들에게는 한바탕 큰 축제가 되었다. 더욱이 줄리어드 교수들이 진행하는 마스터 클래스에 참여한 학생들은 두고두고 그때의 경험이 자신의 예술적 감각을 한 단계 높이는 계기가 되었다고 말할 정도였다. 〈줄리어드 교수 초청 마스터 클래스 및 뮤직 페스티벌〉은 한국 음악계에 새로운 바람을 일으켰으며, 나 역시 새로운 의욕과 힘을 얻게 되었다. '뮤직 페스티벌' 개최를 성사시킨 것이 쉬운 일은 아니었다. 노력의 시간과 재정을 내가 전담했다는 데 대해 주변 사람들이 기적이라고 할 정도였으니 말이다.

한국에는 음악 영재들이 많다. 내가 귀국하여 가장 놀란 것이 바로 그 점이었다. 귀국 후 음악 교육에 더 많은 힘을 쏟은 이유도 바로 거기에 있었다. 뛰어난 재능을 가진 음악 영재들을 발굴하고 이들이 자신의 재능을 마음껏 펼칠 수 있는 발판을 마련하는 것이 바로 나에게 주어진 임무라는 생각을 굳히게 된 것이다. 그런데 재능 있는 학생들이 경제적인 이유 때문에 세계적인 연주자로 성장하지 못하는 모습을 보면서도 내가 도울 수 있는 방법이 별로 없다는 게 안타까웠다. 우선 내가 할 수 있는 일이 무엇이 있을까를 생각해보았다. 마침 내가 있던 롱아일랜드대학에서 개최하는 세미나가 예정되어 있었다. 나는 세미나에 참석한 후 의

제와는 별도로 학교 측과 면담을 갖고 한국 학생들을 위한 장학금을 요청하였다. 예정에도 없는 제안이었지만 대학 측으로부터 긍정적인 답을 얻어낼 수 있었다. 그 결과 한국 학생 1명을 선발하여 대학 4년 동안 풀 스칼라십전액장학금을 지급하겠다는 약속을 성사시킬 수 있었다.

그것은 한국 학생을 위해 내가 이뤄낸 첫 번째 성과였다. 국내 언론과 음악계에서도 놀라움과 감사의 뜻을 전해왔다. 하지만 한 해에 한 명에게만 돌아가는 장학금으로는 한국의 수많은 영재들을 길러낼 수 없다는 한계가 있었다. 경제적으로 여전히 후진국 수준을 벗어나지 못했던 당시 한국의 상황에서 해외 유학이라는 것은 상상조차 하기 힘든 일이었기 때문이다.

한국의 음악 영재를 키우기 위해서는 개인만의 노력보다는 뭔가 시스템을 갖추는 것이 필요하다고 느낀 것이 바로 그 때문이었다. 그때부터 틈날 때마다 내 뜻에 공감하는 사람들과 소통을 하려고 노력하였다. 많은 음악인들이 나의 뜻에 동의하였지만 어떻게 해야 할지 구체적인 계획과 실천을 하기에는 어려움을 느끼는 듯했다. 국가나 기업으로부터 지원을 기대할 수도 없는 상황이었으므로 나의 계획과 의지가 결실을 맺는 데는 적지 않은 시간이 필요했다.

가원문화회의 설립과
한국 음악 선진화를 위한 노력

　나는 후배들과 한국의 음악을 위해 어떤 기여를 했던가. 이것은 귀국 후 스스로에게 끊임없이 물었던 질문이었다. 그 물음에 대한 응답으로 처음 실천한 것이 바로 〈가원문화회〉의 설립이었다. 1982년 설립한 〈가원문화회〉는 한국의 클래식 음악을 국제적인 수준으로 끌어올리기 위한 첫걸음이었는데 나의 뜻에 공감하는 사람들이 함께하면서 발전을 거듭하였고 1994년에는 〈사단법인 가원국제음악문화회〉로 한 단계 도약하면서 명실공히 세계적인 국제 콩쿠르를 주관할 수 있는 조직이 되었다.

　가원嘉元은 '아름다움의 으뜸'이라는 뜻으로 아름다운 마음과 아름다운 삶을 살아가라며 아버님께서 나에게 지어주신 호이다. 내가 피아니스트이자 교육자로 성장하는 데 아끼지 않는 지원을 해주신 분이 바로 아버님이기에 그분께서 지어주신 호를 조직의 이름으로 삼은 것이다. 아버지께서 나에게 베풀었던 사랑과 은혜

1978년 7월에 열린 국제하계음악학교에서 제인 칼슨 교수와 함께.

를 나 개인이 아닌 한국의 음악 선진화를 위해 바치겠다는 나의 포부이자 약속이기도 했다.

가원문화회의 결성은 한국 음악 교육의 선진화를 위한 첫걸음이었다. 한국의 음악도들이 유학을 가지 않더라도 세계적인 음악을 접하고 공부할 수 있는 기회를 마련하기 위해 동분서주하는 데 온 힘을 쏟았다. 그 과정에서 많은 사람들의 도움을 받기도 했지만 아무래도 설립자인 내가 세세한 부분까지 신경을 써야 했다. 우선 세계적인 음악가들을 초청하여 마스터 클래스를 여는 일에 노력을 집중했다. 가원문화회 이외에도 거대 언론사 등 외국 연주자의 초청 공연을 주선하는 단체들은 있었지만 대부분 일회성 행사로 그치는 경우가 많았다. 하지만 가원문화회는 일회성 공연을 지양하고 실질적인 음악 교육의 성과를 얻어내기 위해 '마스터 클래스'를 고집하였다. 줄리어드 음대의 Calson, Fusky, Svetlanova, Mikowsky와 하트포드대학의 Castro de Moura 같은 세계적인 음악 교육자로 명성이 높은 분들이 참여해주었다. 그분들은 마스터 클래스 과정에서 재능 있는 음악 영재들을 발굴하여 줄리어드로 직접 연결하여 이끌어 주는 역할도 하였다. 실제로 내 제자들을 비롯한 많은 학생들이 가원문화회에서 개최한 행사를 통해 유학의 기회를 얻었고 지금 국내외에서 교수 및 연주자로 활동하고 있다.

한국 최초의 국제 피아노 콩쿠르
〈한 · 로만손 국제 콩쿠르〉 개최

1994년 가원문화회는 한 단계 도약을 이룬다. 그동안 임의단체였던 가원문화회는 같은 해 정식 사단법인으로 법인의 자격을 획득하였고 명칭도 사단법인 가원국제음악문화회로 재출범하게 된다. '한국 음악의 국제화'라는 목표를 위해 든든한 진용을 갖추게 된 것이다. (사)가원국제음악문화회는 국제적인 음악 문화의 교류를 통하여 한국 문화를 선양함과 동시에 사회,문화 발전에 기여하고 국제 음악 행사를 주관하여 '한국 음악의 국제화'를 도모함을 목적으로 창립되었다. (사)가원국제음악문화회의 정관은 위의 목적을 달성하기 위하여 다음과 같은 사업을 행할 수 있다.

(1) 국제 음악 콩쿠르 대회
(2) 초청 연주회 및 마스터 클래스
(3) 국제 연구 토론회

(4) 국내외 관련 기관과 음악 교류 및 업무 협조

(5) 국제 음악 문화 선양을 위한 홍보 및 주관

(6) 기타 음악회의 목적에 부합되는 국내외 사업

나는 가원국제음악문화회 이사장으로서 법인의 당면 목표를 정했다. 그것은 한국 최초의 '국제 피아노 콩쿠르' 개최였다. 앞에서도 밝혔듯이 세계적으로 이름 있는 국제 콩쿠르에 참석할 때마다 나는 한국에도 반드시 세계적인 콩쿠르가 필요하다는 생각을 했다. 가원문화회를 창설한 지 12년, 드디어 꿈에 그리던 국제 피아노 콩쿠르를 현실화시킬 수 있는 계기를 마련한 것이다.

국제적으로 권위 있는 콩쿠르가 열린다는 것은 그 나라의 음악적인 수준이 어디에 와 있는지를 알려주는 척도이기도 하다. 단순히 뛰어난 연주자를 선발하여 상을 주는 데 그치는 것이 아니라 콩쿠르가 열리는 과정에서 직접 대회에 참여하지 않은 사람들도 세계적인 음악을 접하고 배울 수 있는 기회를 얻게 된다. 그러한 의미에서 콩쿠르는 음악인의 축제이자 생생한 교육의 장인 것이다.

대한민국이 경제적으로 어려웠던 7, 80년대에는 국제 콩쿠르라면 꿈에서나 상상할 수 있는 것이었지만 이미 올림픽과 세계박람회를 치러낸 한국으로서 국제 콩쿠르를 한 번도 열지 못했다는 것은 부끄러운 일이기도 했다. 게다가 당시 문민 정부에서

는 한국이 선진국들의 모임이라고 할 수 있는 OECD에 회원국으로 가입할 정도였으니 사회적인 환경은 충분히 무르익었다고 생각했다.

하지만 권력과 돈을 움직이는 사람들의 머릿속에는 여전히 7, 80년대의 생각이 자리 잡고 있었던 것 같다. 거대한 건축물을 짓고 언론의 조명을 받는 국제 행사에는 엄청난 지원을 하면서도 순수 예술에 대한 지원은 인색하기만 했다. 국제 콩쿠르를 위해 문화 예술을 담당하는 공무원이나 대기업의 임원을 몇 번 만난 이후 나는 마음속으로 기대를 버릴 수밖에 없었다. 예술을 정치 홍보의 수단이나 이윤 추구의 도구로 생각하는 것을 용납할 수 없었기 때문이다. 그 때문에 로만손 사 김기문 회장의 예술관이 더욱 돋보였다. 다른 경영자와 달리 예술을 위한 투자와 지원에 적극적으로 참여하겠다는 의지는 나를 감동시켰다. 한 · 로만손 국제 콩쿠르는 로만손 사의 김기문 회장과 내가 손을 잡으면서 탄생한 작품이었다.

1995년 6월 26일 세종문화회관 대강당.

드디어 꿈에 그리던 〈한 · 로만손 국제 콩쿠르〉가 열렸다. 예선을 거쳐 올라온 젊은 피아니스트들은 모두 세계적인 수준의 기량을 가지고 있었다. 10명의 심사위원들 역시 이름만으로도 내로라하는 음악인들이었다. 최고 수준의 음악인들이 한꺼번에 우리

◀ 한·로만손 국
제 콩쿠르 시상식
에서 정진우 서울
대 명예교수와 한
옥수 교수 그리고
김기문 로만손 회
장.

◀
▼ 한·로만손 국제
콩쿠르 시상식

나라를 찾은 것은 그때가 처음이 아닐까 한다.

당시 내가 가장 심혈을 기울였던 것 중 하나가 대회의 공정성이었다. 공정한 심사가 되기 위해서는 무엇보다도 심사위원의 구성이 중요했으므로 음악적 식견이 높은 분들을 엄선한 후 특정 국가 출신이 다수를 차지하지 않도록 했다. 다만 주최국인 한국과 세계 음악의 중심지라고 할 수 있는 미국 출신 심사위원에 한하여 2명을 선정하고 일본, 러시아, 독일, 영국, 이스라엘, 이태리 출신 심사위원으로 각 한 분씩을 배정하였다. 심사위원으로 위촉된 분들의 면면을 살펴보면 다음과 같다.

(1) 한옥수조직위원장, 단국대 교수

(2) 정진우서울대 명예교수

(3) 다니엘 폴락Daniel Pollack

  - 미국 남가주대 교수

  - 러시아 프로코피에프 국제 피아노 콩쿠르 심사위원장

(4) 미카일 보스크레센스키Mikhail Voskresensky

  - 러시아 모스크바 콘서버토리 교수

  - 스크리아빈 국제 콩쿠르 심사위원장

(5) 블라디미르 크레이네프Vladimir Krainev

  - 독일 하노버대 교수

  - 차이콥스키 국제 콩쿠르 심사위원

제1회 한 로만손 국제 피아노 콩쿨

한 로만손 국제 피아노 콩쿨은 한국 최초의 국제 콩쿨임과 동시에 경연의 규모와 내용, 심사위원진도 러시아의 차이코프스키 콩쿨이나 미국의 밴 클라이번 국제 콩쿨에 버금가는 수준으로 한국 음악을 세계화하는 기초를 만들었다고 봅니다. 대상에는 상금 미화 이만불은 물론 뉴욕 링컨센터의 앨리스 털리 홀에서의 독주회(96년 2월 17일)를 전액 지원해 주며, 매니지먼트와 유대를 맺어 연주가로서의 성장을 계속 후원하게 됩니다.

지금까지 세계 각국의 수많은 지원자가 있었으나 피아노 수학과정, 스승의 추천 내용, 수상및 연주 경력, 연주 레파토리 등을 엄정히 심사 한 결과 18개국에서 37명의 서울 본선 진출자를 선정하였습니다. 1차는 60분의 독주회 형식, 2차는 피아노 협주곡, 3차인 준결은 또다른 70분의 독주회 그리고 마지막 4차 결선는 세종문화회관 대강당에서 부천 시립 교향악단의 협연으로 Gala Concert를 실황 연주로 심사를 받아 그 자리에서 시상을 하게 됩니다. 이 모든 콩쿨 진행과정과 심사위원들의 심사모습을 공개함으로서 우리 음악도들이 직접 보고 들을 수 있는 기회를 마련 했다고 봅니다.

심사위원으로는 외국에서 가장 잘 알려진 최고 수준의 일원으로 8명이 초청되었는데 이들은 현재 차이코프스키, 리즈, 퀸 엘리자베스, 밴 클라이번 등의 가장 유명한 세계 최고 콩쿨의 심사위원을 역임한 분들입니다. 또한 부소니, 리즈, 루빈스타인 콩쿨의 창시자 또는 책임자로 구성 되어 있는데 이것은 우리나라 음악 역사상 가장 획기적인 사실로 기록될 것으로 믿습니다.

한 로만손 국제 피아노 콩쿨의 이름 중 '한' 의 의미는 지금까지 세계적 연주가를 수 많이 배출한 한국, 한민족의 한 사상, 그리고 우리 정서의 밑바침이 되는 한을 대변하고 있습니다. 이 한의 본 고장에서 세계 정상의 음악인을 불러들여 음악 교류를 가짐과 동시에 한국의 음악도들이 자기의 땅에서 세계 무대로 자신있게 진출할 수 있음을 보여 주는데 본 콩쿨의 뜻이 있을 것이며 이러한 개혁이야 말로 우리 음악 교육이 더욱 발전할 수 있는 산교육이 된다는 점에서 한 로만손 국제 피아노콩쿨은 앞으로도 계속 정진 할 것을 다짐하면서 여러분들의 계속적인 성원과 격려를 부탁드립니다.

1995년 4월

사단법인 가원 국제음악문화회 회장
한 로만손 국제 피아노 콩쿨 조직위원장 　　한 옥 수

〈한 · 로만손 국제 피아노 콩쿠르〉당시 포스터.

(6) 패니 워터맨Fanny Waterman

    – 리즈 국제 피아노 콩쿠르 심사위원장

(7) 옥사나 야브론스카야Oxana Yablonskaya

    – 미국 줄리어드 음대 교수

    – 벨기에 퀸 엘리자베스 피아노 콩쿠르 심사위원

(8) 프리나 살츠만Prina Salzman

    – 이스라엘 루빈스타인 음대 교수

    – 일본 국제 피아노 콩쿠르 심사위원

(9) 다까히또 소노다Takahito Sonoda

    – 일본 왕립예술원 교수

    – 폴란드 쇼팽 국제 콩쿠르 심사위원

(10) 휴버트 스투프너Hubert Stuppuner

    – 이태리 부소니 음대 교수

    – 부소니 국제 피아노 콩쿠르 심사위원장

최종 결선을 통해 금상 수상자는 루퍼스 최Rufus Choi로 결정되었다. 그는 한·로만손 국제 콩쿠르의 첫 번째 수상자가 된 것을 영광스럽게 생각한다며 고마움을 표했고 심사위원과 관계자 모두 그를 축하했다. 루퍼스 최는 후일 호세 이투르비 국제 콩쿠르에서 피아노 부문 우승과 인기상을 수상하며 현재도 왕성한 활동을 하고 있는 것으로 알고 있다.

한·로만손 국제 콩쿠르는 한국 음악인들의 자부심과 긍지를 한껏 높인 사건이었다. 나 역시 국제 콩쿠르에 심사위원으로 참석할 때마다 "한국에는 왜 콩쿠르가 없나요?"라는 질문에 곤혹스럽던 기억을 말끔히 지울 수 있었다.

만일 IMF라는 초유의 사태가 없었다면 그리고 로만손 사가 꾸준히 성장할 수 있었다면 지금까지 한·로만손 국제 콩쿠르의 이름은 계속되었을 것이다. 비록 한 번의 수상자를 배출하고 끝을 낼 수밖에 없어 너무도 아쉬웠지만 한국 최초의 국제 콩쿠르를 성사시켰다는 것만으로도 한국 음악사에 남을 굵직한 기록이 되었다.

한국 음악의 재도약, 가원상

2005년 8월 19일. 나는 이날을 한국 클래식 음악의 새로운 출발점이라고 여기고 있다. 서울 부암 아트 홀 그날 그곳에서 〈제1회 가원상〉시상식과 수상자의 기념 공연이 열렸다. 시상식과 기념 연주회에 이어 열린 리셉션 행사에서 나는 감격스러운 마음으로 연단에 섰다.

내빈들의 시선이 일제히 나에게 고정되었다. 행사의 주최자로서 준비한 인사말을 해야 할 차례였다. 그런데 울컥 목이 메어 목소리가 나오지 않았다. 카네기 홀을 비롯한 내로라하는 세계적인 무대에 수없이 섰지만 단 한 번도 여유를 잃어본 적이 없는 나였다. 그런데 그날은 달랐다.

불과 십여 초의 짧은 순간이었지만 수많은 생각들이 뇌리를 스치고 지나갔다. 세계적인 국제 피아노 콩쿠르를 만들어야겠다는 일념 하나로 동분서주하며 겪었던 상처와 좌절의 기억이 떠올랐다. 권력과 돈에 적당히 타협하라는 주변의 충고에도 불구하고 고집스럽게 혼자 힘으로 달려온 지난날의 일들이 주마등처럼 스쳐갔다. 눈앞이 뿌옇게 변하며 코끝이 시려왔다. 나도 모르게 눈가에 이슬이 맺혔나보다.

나는 물 한 잔을 마시며 가슴을 쓸어내렸다. 그때 맨 앞줄에서 나를 바라보고 있는 김수진 양의 얼굴이 눈에 들어왔다. 자랑스러운 제1회 가원상 수상자 김수진. 순수하고 대견스러운 그 모습이 기를 불어넣기라도 한 것처럼 평정을 되찾을 수 있었다.

나는 내빈들과 기자들 앞에서 '한국 음악의 독립'을 선언하는 마음으로 기념 인사말을 시작했다.

IMF로 한·로만손 국제 콩쿠르가 중단되고 10년이라는 세월은 새로운 도약을 위한 와신상담의 시기였다. 한·로만손 국제 콩쿠르 이후 10년 만에 새로운 이름으로 개최한 〈제1회 가원상〉은 그래서 더욱 감격스러웠던 것이다. 남들 앞에서 좀처럼 눈물을 보이는 일이 없는 나였지만 리셉션 인사말을 하면서 끓어오르는 감정은 어쩔 수 없었다.

한 번 맛본 실패의 경험은 결과적으로 더 강한 의지를 다지는 밑거름이 되었다. 나는 〈가원상〉의 운영을 철저하게 독립적인 방식으로 진행하는 원칙을 세우고 지금까지 그 원칙을 지켜오고 있다. 기업이나 정부의 지원을 가급적 배제하고 나의 사비를 털어 운영하고 있는 이유도 바로 그 때문이다. 〈가원상〉이 회를 거듭

하면서 국제적인 명성을 얻기 시작하자 여기저기서 후원을 하겠다고 나서기도 했지만 그때마다 예술적 가치를 지키기 위해 순수한 지원 이외에는 절대 받아들이지 않았다.

〈가원상〉은 1회 김수진 양을 시작으로 훌륭한 피아니스트들을 배출하였다. 2006년 수상자인 프레디 캠프Freddy Kempf와 2007년 수상자 일리야 야쿠셰프Ilya Yakushev는 이미 뛰어난 젊은 연주자 10인의 반열에 올랐으며 2008년 수상자 플란시스코 피에몬데시Francesco Piemontesi와 2009년도에 수상한 한윤정 씨도 왕성한 활동을 보여주고 있다. 2010년과 2012년 수상자 아나스타시아 테렌코바Anatasa Terenkova와 니키타 아브로시모프Nikita Abro-simov 그리고 2014년 대회를 빛낸 마테우스 보로비아크Mateusz Borowiak도 세계적인 피아니스트로 인정받으며 활동 중이다.

〈가원상〉의 수상자들은 수상의 옵션으로 반드시 한국에서 공연을 하도록 계약을 맺게 된다. 이는 한국의 음악인과 학생들이 그들의 공연을 통해 국제적인 감각을 기르고 세계 무대를 향한 의욕을 북돋을 수 있게 하기 위해 정한 규정이기도 하다.

2016년 수상자인 러시아의 젊은 피아니스트 드미트리 마슬레예프Dmitry Masleev는 가원상이 배출한 또 한 사람의 걸출한 연주자이다. 그에 대해 해외 언론에서는 이렇게 평하였다.

"강력한 색채, 손끝에서 펼쳐지는 짙은 카리스마, 냉정과 열정의 기로에서 화려하게 꽃피운 선율의 극치로 독보적인 음악 세계를 개척하다."

쇼팽 국제 피아노 콩쿠르와 차이콥스키 콩쿠르에서도 우승을 기록한 그는 오는 2016년 9월 세종문화회관에서 첫 내한 무대를 갖기로 되어 있다. 얼마 전 그는 국내 잡지와의 인터뷰에서 한국 공연에 대한 큰 기대를 보여주기도 했다.

역대 가원상 수상자의 면면을 살펴보면 다음과 같다.

제1회(2005년) : 김수진 한국
제2회(2006년) : 프레디 캠프Freddy Kempf 영국
제3회(2007년) : 일리야 야쿠세프Ilya Yakushev 러시아
제4회(2008년) : 프란체스코 피에몬테시Francesco Piemontesi 스위스
제5회(2009년) : 한윤정 한국
제6회(2010년) : 아나스타시아 테렌코바Anastsia Terenkova 러시아
제7회(2012년) : 니키타 아브로시모프Nikita Abrosimov 러시아
제8회(2014년) : 마테우스 보로비아크Mateuz Borowiak 폴란드
제9회(2016년) : 드미트리 마슬레예프Dmitry Masleev 러시아

나는 매년 가원상 수상자에게 상을 수여하면서 가슴이 벅차오

르는 것을 느낀다. 훌륭한 피아니스트를 발굴하였다는 점에서도 그렇고, 국제적인 피아노 콩쿠르를 누구에게도 의존하지 않고 성공적으로 치렀다고 하는 점에서도 그렇다. 그러한 노력 덕분인지 2009년 미국 정부로부터 각계의 뛰어난 업적을 남긴 사람에게 수여하는 '평생공로상수상자'로 선정되는 영광을 얻기도 했다.

나는 지금까지 걸어온 길을 변함없이 이어갈 것이다. 특히 국제적인 콩쿠르로 자리 잡은 〈가원상〉을 더욱 발전시키고 한국의 음악 인재들을 발굴하여 육성하는 데 온 힘을 쏟을 것이다. 앞으로도 여러 가지 면에서 어려움이 없지는 않으리라고 본다. 하지만 지금까지 해왔던 대로 음악의 순수한 독립성을 지켜나간다면 어떠한 난관도 이겨나갈 수 있으리라 생각한다.

후배들에게도 그 점을 강조하고 싶다. 예술이 어딘가에 의존하거나 비위를 맞추는 순간 순수성을 잃는다. 예술의 독립성이 사라지는 것이다. 그것이 권력이든, 돈이든, 화려하게 만들어진 명성이든 어디에도 기대지 말고 무소의 뿔처럼 당당히 예술가의 길을 갈 때 예술의 진정한 독립이 가능하리라 생각한다.

위 사진은 가원상 수상자 프레디 캠프(한옥수 교수 왼쪽 옆), 한양대 김종량 총장 부부(맨 왼쪽)와 함께한 사진이고, 아래 사진은 가원상 수상자 마테우스 브로미아크, 김영일 회장 가족(맨 오른쪽)과 함께한 사진이다.

가원의 꿈, 지속적인 영재 발굴과 육성을 위하여

　가원국제음악문화회를 설립하고 운영해오면서 가장 중요한 목표로 삼고 있는 것은 영재 발굴과 육성이라고 하겠다. 세계의 젊고 유망한 인재를 발굴하고 등용하여 세계적인 피아니스트로 활동할 수 있는 기반을 만드는 것이 선배 피아니스트이자 교육자로서 나에게 주어진 사명이라고 생각하기 때문이다.

　앞에서도 언급한 바와 같이 뉴욕 생활을 접고 귀국한 이후 나는 한국의 많은 음악 영재들을 만났다. 숨겨진 보석을 찾아낼 때마다 내 가슴은 마치 사랑의 열병을 앓는 것처럼 두근거렸다. 모든 보석에는 고유의 빛과 광채가 있듯이 내가 발굴한 영재들 역시 각자의 고유하고 특유한 개성과 나름대로의 음색과 주관성이 있었다. 나는 이들이 자신이 가진 재능을 펼칠 수 있게 하기 위해 최선을 다했다. 레슨은 물론 음악 선진국으로 나갈 수 있는 발판을 만들어 주었고 이를 위해 동분서주하였다. 그 자체가 나에겐 즐거움이요 보람이었다. 그러한 의미에서 나에겐 교육자의 본성이 있었던 모양이다. 지금도 나에게 지도를 받았던 제자들이 훌륭한 음악가로서 활동하는 모습을 지켜볼 때마다 저절로 미소가 지어진다.

가원국제음악문화회를 설립하면서 나는 개인적으로 영재를 발굴하고 교육하는 것을 넘어 체계적인 시스템을 통해 음악 선진화에 기여했다고 본다. 그 결과 국제 콩쿠르의 불모지였던 한국에 '가원상'이라는 세계적으로 인정받는 콩쿠르가 정착되었고 이제 가원상은 외국의 이름 있는 콩쿠르에서 수상한 피아니스트들도 앞다투어 원서를 낼 정도가 되었으니 당초의 목표였던 세계적 브랜드화에 성공하였다고 자부한다.

하지만 나에겐 아직 남은 꿈이 있다. 그것은 바로 '가원상'이 본래의 취지와 가치를 영원히 이어가는 것이 아니겠는가. 그것은 나 개인의 명예를 위해서가 아니라 대한민국이 세계 음악의 중심지로 우뚝 서기 위해 반드시 필요한 일이기 때문이다. 수준 높은 음악 콩쿠르를 이어가는 일은 결코 쉽지 않다. 나 역시 콩쿠르를 준비하는 과정에서 매번 많은 어려움과 유혹을 견뎌내야 했다. 제1회부터 2016년 제9회를 이어오면서 엄청난 발전과 성과가 있었지만 그만큼 어려움과 희생도 있었다. 많은 사람들이 겉으로 보이는 성과에는 열광하겠지만 그 뒤에 어떠한 숨겨진 고통과 어려움이 있었는지는 알지 못할 것이다.

한국의 음악은 이제 세계화를 향한 첫발을 디딘 셈이다. 진정으로 한국 음악의 선진화를 이루기 위해서는 더 많은 노력과 희생이 있어야 하며 음악인은 물론 음악을 사랑하고 아끼는 모든 사람들이 함께 헌신할 각오가 있어야 한다. 팔십 평생을 오로지 음악 외길로 숨 가쁘게 달려오면서 내가 이룬 것이 있다면 음악 선진화를 위한 기초를 단단히 세워놓은 것이다. 이제 후배들이 앞장서야 할 때라고 생각한다. '가원'이라는 이름으로 시작한 음악 선진화의 길을 더 발전시키고 더 높은 가치로 이끌어나갈 수 있기를 간절히 바란다.

7부

음악인에게 전하는 당부

교육자의 길을 가는 선생님들께

돌이켜볼수록 인생이란 자신의 의지와 계획대로만 살아지는 것이 아니라는 것을 실감하게 된다. 누구나 인생 계획표를 설계하지만 삶의 여정에서 예기치 못한 수많은 일들과 맞닥뜨리며 본의 아니게 삶의 방향을 뒤바꿔놓기도 한다. 꿈을 향한 열정으로 가득했던 젊은 시절에는 계획에 없는 일들이 불쑥불쑥 일어날 때마다 당황스럽고 화가 나서 어찌할 바를 몰랐다. 하지만 지금 생각해보면 그러한 부침이 있었기에 나의 삶이 더 풍요로워진 것이 아닌가 한다. 교통사고를 겪었기에 더 성숙해질 수 있었고, 계획에 없던 결혼 덕분에 사랑하는 가족들을 얻었다. 어렵게 성사시킨 〈한·로만손 국제 콩쿠르〉가 IMF라는 환란으로 무산되었을 때는 하늘을 원망하기도 했지만 그 덕분에 가원 국제 콩쿠르가원상를 만들고 이십여 년의 세월을 거치며 반석 위에 올려놓을 수 있었다.

미국 생활을 접고 귀국한 것도 우연한 일이었다. 1972년 남편을 따라 귀국한 후 이화여대에서 강사 생활을 시작한 것도 따지고 보면 내 인생 계획표에는 없는 돌발적인 상황이었다. 그런데 계획에 없던 상황이 새로운 인연을 만들어주었고 내가 가야 할 새로운 삶의 목표를 제시해주었다. 한국의 음악 영재들과의 만남은 나도 모르고 있던 내 인생의 목표를 일깨워준 인연이 되었던 것이다. 나는 그 일을 한 잡지와의 인터뷰에서 이렇게 토로했다.

"그때 우리나라 영재 아이들을 보게 된 거예요. 천재가 그렇게 많았던 거죠. 이 아이들에게 기회를 주고 싶어서, 제가 최초로 우리나라 영재 아이들을 미국 줄리어드 예비학교 및 음악원에 입학시켰어요. 그것도 장학생으로, 그것이 한국의 음악 영재들과 줄리어드와의 관계의 첫 시작이었습니다."

음악 영재들을 만나기 전까지 내 삶의 무게 중심이 연주자 쪽에 기울어 있었다면 그들의 재능과 순수한 눈빛을 마주하고부터 내 인생의 중심이 교육자의 역할로 기울기 시작하였다. 그것은 일종의 사명감이었다. 엄청난 재능과 자질을 가진 이 아이들을 누군가 이끌어주지 않는다면 한국 음악의 미래는 없을 것이라는 생각이 들었다. 어쩌면 하나님께서 한국 음악의 미래를 책임질 사명을 나에게 내려주신 것이 아니었을까. 그때부터 나의 삶은 영재발굴과 교육 그리고 한국 음악의 선진화를 위한 노력에 집중되었던 것이다. 기회가 있을 때마다 국제적인 콩쿠르에 심사위원으로 참여했던 것도 결국은 선진 음악의 흐름과 경향을 한국으로 전하는 데 많은 도움이 되었다. 국제 콩쿠르는 세계적인 음악가와 교류하는 장이 되었고 새롭게 부각하는 젊은 음악가들의 역량과 특징을 파악하고 국내에 보급하는 원천이 되었다. 그러한 노력 덕분이었는지 1970년대 중후반 내가 가르친 제자들이 대거 줄리어드 예비학교 말고도 맨하탄, 매네스, 커티스의 모든 선발에서 우승을 차지했고 미국 유수의 콩쿠르에서 최연소 우승자도 여럿 배출하는 성과를 올렸다. 지금 그들은 중견 음악인이 되어 국내외에서 한국 음악을 알리는 역할을 하고 있다.

1980년 정치적인 격변기 이후 어느 나라에서도 볼 수 없는 또 있을 수도 없는 과외 금지 조치가 있었다. 음악 분야 역시 교수들의 레슨이 금지되어 음대 입시를 준비하는 학생들이 혼란을 겪어야 했다. 과외 금지 조치의 옳고 그름은 차치하고 학생들이 레슨을 받을 수 없다는 것은 음악 교육을 포기하는 것과 다름없는 것이었다. 나는 법의 테두리 안에서 학생들에게 도움을 줄 수 있는 방법이 무엇일까를 생각해보았다. 그때 문득 떠오른 것이 지상紙上레슨이었다. 학생들을 직접 만나 지도할 수 없다면 지면을 통해서라도 레슨을 해줘야겠다는 생각이었다. 마침 월간음악 잡지사에서도 나의 생각에 동의하여 매월 피아노곡을 지도하는 내용을 연재하기 시작했다. 지상 레슨은 첫 회부터 폭발적인 반응을 얻었으며 이후 다른 음악 잡지에서도 지상 레슨을 해달라는 요청이 쇄도했고 나는 그 요청을 기꺼이 받아들였다.

특히 경제적인 이유 때문에 교수들로부터 레슨을 받을 수 없었던 학생들은 매월 잡지가 출간되기만을 학수고대할 정도였다. 비록 지면을 통한 간접적인 방식이었으나 나 역시 시간적, 지역적 한계를 넘어 전국에 있는 학생들을 지도할 수 있다는 데 큰 보람과 자부심을 얻을 수 있었다. 당시 잡지에 연재했던 지상 레슨의 내용은 30년이 지난 지금도 후배 선생님들에 의해 전수되어 이어지고 있다.

귀국 후 많은 일을 겪고 다양한 일을 하였지만 그 중심에는 한국 음악 교육에 대한 열정과 사명감이 자리 잡고 있다고 자부한다. 음악 영재를 발굴하여 교육했던 것, 지상 레슨을 통해 학생들을 만났던 것, 한국 최초의 국제 콩쿠르를 만들기 위해 동분서주했던 모든 것들의 밑바탕에는 1972년 귀국 직후 나에게 주어진 사명감이 있는 것이다. 한 사람의 음악인으로 생이 다하는 날까지 한길을 걸어가리라는 각오는 지금도 변함이 없다.

내가 음악 교육자의 길을 하나님이 주신 사명이라고 생각한 것처럼 지금 현장에서 학생들을 지도하는 선생님들도 사명감을 가졌으면 한다. 나의 경우처럼 교육자의 길이 처음부터 스스로 계획한 것이 아닐 수도 있다. 하지만 연주자로서의 삶과 교육자로서의 삶은 별개의 영역이 아니라고 생각한다. 굳이 직접 학생들

Aria variata alla maniera italiana.

TEMA.
Andante espressivo.

VAR. I.
Un poco più vivo.

1) Nach Ed. Peters *p* statt *ff*. Das ♯ steht daselbst erst im 6ten Achtel.   †
2) Die halbe Note *a* steht in Ed. Peters. Bei Andreas Bach hat das vorhergehende *à* einen Punkt; offenbar ein Schreibfehler.   3) Bogen *d–d* in Ed. Peters.
4) *h* statt *a* war die ursprüngliche, später korrigierte Lesart bei Andreas Bach. Die Abschriften enthalten A. Nach Ed. Peters.
5) *dis* statt *e*; fehlerhafte Lesart der Handschriften.   6)   Variante nach Peters.   7) Einfache Sechzehntel bei Peters.

NB. Die meisten Stellen, deren Ausführung auf das alte Pedal berechnet ist, lassen sich unter Zuhilfenahme des modernen Peda ziemlich gut spielen. In
   dem vorliegenden Takt rkt der Herausgeber nicht dazu, das A durch letzteres zu halten, da das Fortklingen desselben entbehrlich ist und es _ vielleicht
   in Folge eines Schreibfehlers _ nicht einmal zur Auflösung gelangt.

을 지도하지 않더라도 좋은 연주를 들려주고 많은 이들이 좋은 음악을 접할 수 있는 기회를 확대해주는 것도 교육자의 역할이기 때문이다.

예술에는 타고난 천재성과 여기에 따르는 올바른 교육이 있어야 한다. 인내와 노력 등의 모든 것이 음악적 천재성에 더해질수록 더 위대한 세계적 음악가가 탄생된다고 믿는다. 천재적 재질의 소유자는 흔하지는 않다. 모차르트가 천재 중의 천재로 짧은 생애를 마쳤음에도 위대한 족적을 남긴 데는 성장과 교육 및 남다른 노력이 뒤따랐기 때문이다. 이들에게는 조기 교육이 중요시된다. 아동의 창작 능력이나 천부적인 재능을 일찍 파악하여 미래를 선도해주는 일은 예술 세계에서는 한시도 미룰 수 없는 근본 사항이다.

하지만 영재가 아닌 아이에게 영재 교육을 시키는 것은 일종의 억압이며 폭력이라는 사실을 알아야 한다. 교육자라면 영재를 발굴하여 육성하는 노력과 함께 제자들의 재능을 명확히 파악하고 정확한 조언을 해야 할 의무가 있다. 입시나 콩쿠르 수상 등 당장의 성과를 위해 피아니스트의 자질이 부족한 학생에게 억지로 반복 훈련을 시키는 것은 교육자 자신에게나 학생에게나 불행한 일이다. 어린 학생들은 무한한 가능성을 가지고 있다. 피아노가 아니면 다른 악기에 재능이 있을 수 있고, 음악이 아니라 공부나 미술 등 다른 분야에 더 많은 자질을 갖춘 학생들도 있을 수 있다. 교육자라면 그것을 명확히 파악하고 조언을 해줘야 할 의무가 있다고 본다.

음악 영재 교육에서 적지 않은 경우 자식의 흥미나 의욕과는 무관하게 부모의 욕심과 극성으로 원하는 방향을 정해 억지로 끌고 나가는 것을 목격한다. 이는 절망과 부정적인 결과를 맞게 된다는 것을 우리 교육자가 정확히 조언해주어야 한다.

몇 해 전 건강검진을 받기 위해 대학병원을 찾은 적이 있었다. 반나절은 병원에서 진단받기 위해 여러 진찰실을 들러야 한다. 한 곳에서 순서를 기다리고 있는데 직원이 나와 특별히 친절하게 웃으며 내 이름을 확인한 후 담당 의사에게 전했다. 잠시 후 안에서 의사 한 분이 나오더니 나에게 반갑게 말을 걸었다.

"선생님, 안녕하셨어요? 저 OOO 입니다."

가까이서 천천히 얼굴과 이름을 기억해내려고 해도 좀체 생각이 나지 않았다.

"선생님, 저 예전에 선생님과 공부를 시작하고 서울대 음대를 들어가려고 마음먹었는데 선생님께서 전공은 다른 것으로 바꾸고 음악은 부전공으로 삼아 여유 있게 즐기면 어떻겠냐고 하셨잖아요. 그래서 의사가 됐어요."

그제야 생각이 났다. 머리도 좋고 공부도 잘하는 학생이었다. 음악보다는 공부에 더 재능이 있다고 판단하고 조언을 했었던 기억이 떠올랐다. 당당히 최고의 대학병원 의사가 되어 흰 가운을 입고 있는 모습을 보면서 또 다른 보람을 느낄 수 있었다. 비록 음악인의 길을 걷지는 않고 있지만 그 역시 나의 소중한 수제자라는 생각이 들었다. 그날 병원에서 돌아올 때의 내 마음은 더 없이 행복했고 또 보람을 느꼈다. 좋은 음악 선생님이라면 때론 단호하게 조언하는 것이 학생의 장래를 위해 꼭 필요한 일이 아닐까.

해외 유학을 준비하는 이에게

과거와는 달리 최근에는 유학의 기회가 많아져 많은 학생들이 음악의 선진국이라고 할 수 있는 유럽과 미국에서 공부하는 경우가 많다. 하지만 어느 나라 어느 학교로 가는 것이 좋을지를 결정하는 것은 여전히 쉬운 일이 아니다. 나도 한때 어느 나라로 유학을 가야 할지 몰라 고민에 고민을 거듭했던 적이 있었다. 유학을 앞두고 고민을 하고 있는 이를 위해 나의 경험을 들려주고자 한다.

냉전 시대였던 50~60년대는 유학을 갈 수 있는 나라가 사실상 독일과 미국밖에는 없었던 터라 독어와 영어 학습을 받기 시작했다. 독어는 명륜동에 살고 계셨던 독일 부인(남편은 한국인이었던 것 같다.)에게 배웠고 영어는 집에 오시던 영국 대사관 직원의 가르침을 받으며 유학 준비를 했다.

그러던 어느 날 뉴스를 통해 미국의 젊은 피아니스트 밴클리

아번이 소련의 차이콥스키 콩쿠르에서 1등을 했다는 소식이 크게 보도되었다. 미국과 소련은 적대 국가인데 미국의 피아니스트가 소련에서 우승했다는 것은 세계가 놀랄 만한 일이었다. 그것도 차이콥스키 협주곡을 연주하여 본토의 경쟁자를 다 물리치고 우승을 할 수 있단 말인가? 알아보니 우승자 밴클라이번은 줄리어드에서 Rosina Lhevine 교수를 사사했다는 것이다. 그때부터 나는 미국 줄리어드 음악학교에 관심을 갖게 되었다. 그러고 보면 나는 처음에는 음악 교육자의 길을 찾아 유학한 것이다. 음악을 전공하는 길에는 두 길이 있다고 할 수 있다. 천재성을 인정받은 음악 영재로서 실기 위주 교육을 잘 받아 연주가의 길을 걷다가 후에 교육자가 되는 길연주가/교육자. 또 하나는 연주보다는 음악학을 공부하여 박사 학위 취득 후 음악 교수가 되는 길이다. 물론 위의 두 가지를 잘 조합한 여러 가지의 학위 프로그램이 있으며, 최근에 와서는 대부분의 학교가 이 같은 프로그램을 운영하고 있다.

그러나 그 당시 초기의 Juilliard는 음악 전문 학교로서 석·박사 과정이 없는 음악 실기 교육 기관이었다. 밴클라이번은 음악 영재로서 Juilliard라는 학교 이름보다는 거기서 가르치는 Rosina Lhevine에게서 사사하기 위해 그 학교를 택한 것으로 보아야 한다. 그래서 결과적으로 소련의 음악 전통을 가진 소련 출신 스승에게서 러시아 음악 및 연주 전통을 배워 미국인으로서 소련의 차이콥스키 콩쿠르 우승자가 될 수 있었다고 해도 과언이 아니다. 연주가의 길을 가기 위한 실기 위주 교육은 전적으로 지도교수에게 달렸다고 나는 믿는다.

어떻게 보면 자기가 갖고 있는 영재성 내지 천재성까지도 지도교수에 따라 그 능력과 재능이 더 발전할 수 있고 아니면 그렇지 못할 수도 있다. 가르치는 선생과 학생 두 사람의 신비스런 관계가 아니고는 천재가 길러질 수 없다고 본다.

많은 학생들이 자기의 진로에 대해 갈등을 겪고 있는 것으로 안다. 어느 나라, 어느 학교 누구를 만나야 될까? 등등 유학의 길 앞에서 고민해보았을 것이다. 나는 이들에게 조언하고 싶다. 절대로 학교 이름으로 선택하지 말고, 오직 사사하고 싶은 선생님을 선택의 기준으로 삼으라는 것이다. 학교의 명성만을 믿고 입학할 경우 만일 담당교수가 학생의 자질에 못 미치는 음악적 견해와 음악적 풀이밖에 할 수 없다면 유학에 쏟은 시간과 열정과 비용은 물거품이 될 수도 있음을 반드시 참고하기 바란다.

거듭 강조하지만 교수 선택이 가장 중요하다. 위에서 내가 계열을 중시해 자세히 설명한 것처럼 가능한 한 교수의 스승들이 속한 음악적 계열을 따져보아야 하고 어떤 문화적 배경을 갖고 있는지도 참고하는 것이 좋다. 어떤 문화적 배경 즉 음악의 전통성이 있는 나라로 유학을 가느냐도 중요하다. 1990년대 소련이 해체

된 후에도 계속 옛 음악 전통을 이어오는 러시아, 현재 세계의 음악 중심지로 자리 잡은 미국, 아니면 음악 문화가 개선되고 있는 독일 중심의 유럽 등이 있다.

석·박사 학위를 수여하는 고등 교육 과정은 나라마다 차이가 있었으나 2010년 이후에는 유럽도 미국 제도에 맞추어 제도를 개선하고 있다. 요즈음 유럽으로 유학을 가는 한국 학생들이 많은데, 제도는 유사하나 미국보다는 경비학비와 생활비가 덜 들어 경제적 부담이 덜하기 때문으로 안다. 독일도 새로운 제도로 Diplom 석사과 Doktor박사학위를 수여하지만 연주 전공 분야는 Diplom 후에 Examen이라는 최고 연주자 과정이 있는데, 이는 일종의 석사 심화 과정이라고 할 수 있다. 여하튼 학위에 부수되는 폭 넓은 교과 공부는 미국에 비해 빈약하다고 본다.

한편 미국의 음악 교육은 최근 실기면에서 크게 실망감을 안겨주고 있다. 20세기 후반에 러시아로부터의 'Music Drain'에 의한 수혜의 결과로 확인할 수 있었던 위대한 스승들이 이제는 유명을 달리했고 몇 안 되는 교수만이 그들을 계승하려고 노력하고 있다. 이는 음악 선진국들의 경제적 형편이 균등화된 데다 이제는 세계 각국으로 여행이 자유로워져 구태여 국적을 바꿀 필요가 없기 때문이라고 본다.

그렇지만 실기 이외의 음악 교육 전반은 전 세계에서 미국이 가장 내용에 충실하며 교육 제도 자체가 흔들림 없이 성실히 운영되고 있다. 그러므로 학위를 받기 원한다면 미국 유학을 추천한다.

그런데 실기와 학위 이 둘을 전부 완성시키고 싶은 욕망이 있다면 어떻게 할까? 나는 이에 대해서는 원칙을 고집한다. 영재는 역시 영재 교육을 받아야 한다. 영재 교육을 받으려면 영재를 가르칠 수 있는 스승을 만나야 한다. 일찌감치 이런 스승을 찾아 집중적인 실기 교육을 받아야 된다. 그러려면 어느 나라의 어느 교수를 만나야 하는가? 나는 서슴지 않고 현재 러시아에서 가르치고 있는 러시아 교수 아니면 외국에 파견된 러시아 스승을 찾거나 그 계열의 후계자들을 만나는 것이 최선이라고 본다. 물론 이들만이 영재를 이해할 수 있다는 말은 아니다. 어느 나라에도 영재를 길러낼 수 있는 스승들이 있다. 내가 구태여 러시아 태생의 교수를 찾으라는 것은 아직도 러시아 전통을 간직한 대스승이나 그들의 제자들이 많이 생존하고 있기 때문이다.

한국의 젊은 피아니스트들에게

한국의 젊은 피아니스트들은 기술적인 면이나 그 능력 면에서는 100점을 줄 수 있다. 그러나 음악적 표현에서는 서툴러서 모방에 그치거나 과장되거나 소통이 모자라는 단점을 가지고 있다. 유교적 전통 속에서 자란 후예라는 점에서 이해할 수도 있겠지만 이와 달리 요즈음 젊은 세대의 말과 행동은 놀랄 만큼 그 표현이 노골적이다. 다시 말해 절제의 미가 부족하다는 것이다. 그렇다면 무엇이 문제인가?

나는 가장 중요한 원인을 상상력의 부족에서 찾는다. 음에는 나름대로 그 음이 내는 소리에 상상의 소재가 있다. 그 음들이 연결될 때는 하나의 문장으로 시가 태어나고 길게는 소설 같은 이야깃거리가 된다. 이렇게 상상력 또는 환상이나 꿈, 또는 실제 스토리 등, 여기에 더하여 오감적인 색채, 향, 그림 등등, 이 모든 것 하나하나가 창작에 영향을 준다는 것을 경험해야 한다. 그러한 경험 없이 이루어지는 맹목적인 연습이나 연주는 무의미한 것이다. 대화가 없는 음악 표현은 지루하고 듣기에도 힘들다는 것을 우리는 안다. 그러므로 소통과 대화법을 선택하고 그 의미를 부여해야 된다. 자기의 느낌과 감정을 음악 본연에 집중시켜야 한다. 자연에서, 생활에서 배우는 모든 것을 결부시킬 줄 알아야 되고, 이것만이 창작의 세계로 들어갈 수 있는 첫걸음이라고 믿는다.

둘째는 자신감의 부족이다. 우리의 젊은 피아니스트들이 구김살 없이 국제 무대에서 잘 성장하고 있는 것 같으면서도 실상 무대에서는 연주자로서의 자신감이 부족함을 본다. 심리적으로 남을 의식하고 사는 동양적인 관습과 남을 인정하지 않으려는 모순감, 모든 것에 일등을 강요당하는 교육열의 역기능인 부담감, 문화적 경험과 수양이 부족한 부모들이 국제 사회에서 푸대접받는 정신적 스트레스 등이 연주자의 자신감을 떨어뜨리는 것이다. 또여기에 옆에서 지켜보는 좌절감, 이 모든 요소들이 복합적으로 한국 2세 연주자들의 심리적 초조감을 더 악화시키는 것이 아닌가 한다. 예술인으로서의 자부심과 독창적인 자기의 개성을 크게 자랑으로 생각하며 살아가기를 당부한다.

좋은 나무에서 좋은 열매가 열린다고 한다. 학생들을 자기 안방 무대에서 만족시켜주는 연주자가 아니라 세계의 청중을 만족시키는 대가가 될 수도 있다고 생각한다면 함부로 아이들의 의견을 무시하고 멋대로 다스리지 말아야 한다. 이름이 알려진 한국 음악인들의 자제들마저 소위 치맛바람 때문에 불미스러운 일들을 겪곤 한다. 반면에 국제적인 경험을 많이 해본 연주자들은 대부분 그들의 활동 무대나 학업을 어디서 했느냐에 따라 연주계파를 곧 알 수 있다. 이들 중에는 완벽한 연습 과정을 마친 연주자들이 많으며 온 생명을 걸고 나서는 듯한 확고부동한 자세가 심사위원을 감탄시킬 때가 많다.

21세기에 들어오면서 서양의 연주 수준이 어느 때보다도 달라졌는데 스타일과 음색tone color, 템포 조절 선택에서 많은 변화가 일어나고 있다. 이것은 구소련의 통제 체제의 해금으로 인해 거주지 이동 또는 이민이 자유로워지면서 음악 교육 전반의 흐름이 달라지고 있기 때문이다. 이 같은 음악 동향에서도 음악 연주 형태는 4개의 계열로 갈라진다. 전통을 지속하고 있는 러시아와 그의 영향을 받는 동구권, 독일을 중심으로 한 북구, 프랑스, 이탈리아, 스페인 같은 남구 그리고 마지막으로 미국이다.

이들 나라들의 전통적 대립과 이로 인해 나타나는 대조적인 연주는 조금만 들어도 어느 계열인지 알게 된다.

그런데 미국은 그동안 자본주의의 풍성한 결실의 반대 급부로 인간 본연의 철학과 인간미를 상실하여 음악 교육에서도 지난 30년 동안에 그 흐름이 달라진 것을 느낄 수 있다. 현재 생존하고 있는 극소수의 대가를 제외하고는 소위 좋지 않은 의미의 미국인으로 변신한 이주 교육자들 위주로 무심히 교육해온 문제점과 Rosina Lhevinne, Ilona Kabos 같은 대가의 교육 전통을 계승하지 못한 불찰로 피아노계가 침체되는 결과를 초래하고 있다.

우리 젊은 연주자들을 지도하는 교육자들은 이러한 것들을 반면교사로 삼을 필요가 있다. 천부적인 재질을 가진 피아니스트가 많지만, 이들이 어떻게 자기의 능력을 계속 향상시키고 보존하여 세계 무대까지 잘 끌고 나갈는지에 대해서는 의문이 많다. 세상의 변화 동향을 더 잘 알아야 되겠고, 앞으로 10~20년을 미리 예측하고 세계의 문화적인 변화에 대비하는 마음가짐이 있어야 한국이 음악 선진국으로 하루빨리 발돋움할 것이다.

한국의 젊은 연주자가 국제 무대에 진출한 역사는 1960년대로 거슬러 올라간다. 철의 장막으로 인해 소련과는 완전히 교류가 두절된 그 시절, 세계적 콩쿠르로 이름난 Leventritt 콩쿠르에서 우승한 한동일이 있었다. 최연소자로 우승을 했을 뿐 아니라 한국 최초의 피아니스트다. 음악사의 한 페이지를 열었다고 할 수 있는데 그를 까맣게 잊고 있는 것 같아 안타깝다. 어쩌면 한국의 음악계가 한동일이라는 천재의 재능을 제대로 인식하지 못했던 것이 아닐까.

한동일 이후 동양인으로서는 중국의 Yundi Li의 연주를 듣고 감탄한 적이 있다. 정말 오래간만에 동양인 피아니스트가 탄생한 것 같았다. 그리고 2015 Chopin 콩쿠르에서 조성진의 final round 연주를 들으면서 감탄을 했다. 알다시피 Chopin은 그를 이해하고 그의 음악이 살이 되고 숨이 되는 접근, 느낌, 즉 천부적인 이해와 감각이 없이는 도저히 그의 음악을 풀이하기가 힘든데 조성진은 이 점에서 우월했다.

Chopin 작품을 그 정도로 잘 받아들여 Phrasing의 연결이나 끊임 Ritardando의 자연스런 속도 줄임 및 음 하나하나의 의미를 선율을 통해 자연스럽게 음악으로 표현했을 때 나는 감동하여 소리까지 질렀다. 표현에서도 전혀 속도 제한을 받지 않았고, 특히 정확한 작품의 틀과 질서 안에서 모든 변화가 흔들림 없이 보장되었던 것이 좋았다. 그의 연주는 음악의 틀이 확실한 질서와 표준 속에서 무리 없이 본인의 감정 표현을 100% 보여준 것이 마음에 들었다. 한국이 낳은 젊은 피아니스트 중에 가장 마음에 닿았고 그의 앞날이 더욱 밝기를 계속 지켜볼 것이다.

젊은 음악인 특히 젊은 피아니스트들에게 말하고 싶다. 말로만 대가의 모습을 보이지 말고 자기의 정도를 알아 그것을 솔직히 인정하고 판단하여 인생의 끝을 맞이해야 된다. 음 자체도 갖지 못하고, 작품의 내용은 물론 의미조차 전혀 모르면서 음악 교수가 되려고만 해서는 안 된다.

음악은 순수 예술이다. 음악에는 내용에 대한 지식과 이해가 있어야 함은 물론 더하여 자기의 순수한 감정의 표현이 가미되어야 함을 잊어서는 안된다. 이런 것들을 체득하려면 고독과 함께 계속적인 사색과 창작의 마음가짐을 갖도록 노력해야 됨은 물론이다.

음악 정책과 시스템을 고민하는 분들께

음악은 우선 본인의 타고난 재능이 중요하지만 아무리 천부적인 재능을 타고났다고 해도 이것을 계속 성장시켜주고 아낌없는 후원으로 밀어주지 못한다면 음악인으로 크게 성장할 수 없다. 그런데 개인의 노력만으로는 한계가 있다. 체계적이고 선진적인 시스템에 의해 교육이 이루어지지 못한다면 개인의 타고난 재능과 피나는 노력은 무의미하게 사라질 것이다.

특히 영재 교육 과정에서 대학 입시 위주로 교육이 이루어지고 있는 한국의 시스템은 솔직히 말해 후진성을 면치 못하고 있다. 이러한 관행이 오랜 기간 지속되다보니 재능 있는 학생들도 입시에 필요한 몇 곡의 공부에만 집중을 하게 되고 학교마저 이를 따르다보니 학교에서 수석과 차석의 성적을 받은 학생들마저 외국 유명 음악 대학 입학 시험에서 실패를 겪게 되는 일이 흔히 벌어지고 있다. 왜 이런 엄청난 일이 생기는 것일까?

나는 1972년 귀국 이후 줄곧 정부의 음악 교육 제도가 바뀌어야 됨을 강조했다. 세미나 또는 언론과의 인터뷰 때마다 한국 음악 교육의 미래를 위한 쓴소리를 마다하지 않은 이유도 그 때문이었다. 이것이 개선되기 전에는 아무리 좋은 학생이라도 유명 대학에 입학하기 위한 몇 개의 지정곡에만 치중하게 되고 그 이외의 여러 작곡가들의 작품들은 내내 들어보지도 치지도 않는 곡으로 남게 된다. 한참 감수성이 예민하고 창의성이 뛰어난 시기에 새롭고 다양한 곡을 접하고 연주할 수 있는 기회가 충분히 주어져야 훌륭한 음악가로 성장할 수 있다는 것은 당연한 이치이다. 그런데 한국의 음악 교육은 대학 입시라는 제도적인 틀에 얽매어 자라나는 음악 영재들의 창의성을 억압하고 있는 것이다.

이러한 현실에서 외국으로 유학을 간다 해도 다른 나라 학생들에 비해 레퍼토리가 부족하고 새로운 조류에 적응하지 못하여 힘들어지는 것은 당연하다. 더구나 현대 음악을 제대로 맛볼 기회조차 없는 교육 환경에서 학생들은 자신의 음악성을 마음껏 펼칠 수 없게 되는 것이다.

입시를 앞둔 학생들이 대학 지정곡을 미리 연습하다보면 경쟁자의 연주를 듣게 되는데 그것이 올바른 연주법인지 아닌지도 모른 채 그대로 모방하는 경우가 많다. 결국 녹음기를 틀어놓은 것처럼 한 곡을 5명이 똑같이 치는 상태가 벌어지게 되는 것이다. 작품에 대한 해석은 물론 자신의 주관성은 있을 수도 없이 한 학생의 곡을 그대로 듣고 모방하는 것이다. 더구나 그 학생의 선생이 잘 가르쳐서 대학에 잘 합격시킨다는 소문이 나면 더욱더 이런 현상이 심해진다. 이쯤 되면 학생들의 연주는 예술이 아닌 대량 생산되는 공산품이 되어버리게 된다.

획일적인 입시 위주의 음악 정책이 가져온 폐해가 아닐 수 없다. 늦은 감이 있지만 실기와 창의성 중심 교육을 지향하는 한예종한국예술종합학교이 생긴 이후 좋은 학생들이 배출되고 있어 그나마 다행이다. 한예종 이외의 다른 대학이나 교육 기관에서도 하루빨리 선진적인 교육 시스템을 과감히 도입하여 한국의 음악 영재들이 마음껏 자신의 역량을 표현할 수 있도록 해야 할 것이다. 이를 위해서는 대학 교수 등 교육인 스스로 자신의 기득권에 안주하려는 마음을 버려야 한다. 교육을 담당하는 행정 관료 역시 효율성과 편의성만을 앞세우지 말고 열린 마음으로 음악 정책을 수립하는 것이 필요하다. 행정 관료 역시 음악인에 준하는 예술적 감성을 가져야만 창의적인 시스템을 만들어갈 수 있을 것이다.

특히 우리는 좁은 우물 안에서 시시비비하며 다투고, 시기하고, 질투하고, 비방하는 나쁜 버릇은 버려야 한다. 당부하고 싶은 것은 시야를 국제적으로 넓히고 냉철하게 그리고 빠르게 헤쳐 나가는 음악인이 되어야 한다는 점이다.

국제 콩쿠르 우승을 꿈꾸는 음악도에게

우선 콩쿠르 심사위원으로서 현장에서 경험한 일화들을 먼저 소개한다.

일화 하나

1990년 차이콥스키 국제 콩쿠르에 초빙되었을 때의 일이다. 당시만 해도 러시아는 공산 체제여서 경제적으로나 모든 면에서 외국의 도움 없이는 콩쿠르를 진행하기가 힘들 때였다. 심사위원들에게 제공되는 음식조차 열악하기 그지없었다. 정기적으로 나오는 음식 메뉴는 대부분이 생선을 소금에 그냥 절인 것이며 약간의 야채와 과일, 삶지도 않은 돼지고기 등 내 입맛에는 전혀 맞지 않는 것이어서 힘들었다.

Final이 결정되고 마침 러시아 어를 할 줄 아는 제자가 찾아와 한국 음식점이 있다기에 무조건 택시를 붙잡아 호텔 앞에서 타고

갔다. 그런데 음식점에 도착했을 때 두 러시아 인이 옆 테이블에 앉아서는 우리가 주문하는 것을 그대로 똑같이 주인에게 반복하여 주문하는 것이 아닌가. 한국 음식을 잘 모르니 우리 옆에 앉아 배우는 것으로만 알았다. 맛있게 먹고 일어나는데 두 사람이 우리에게로 와서 내 제자에게 러시아 어로 한참 이야기하더니 나한테 통역하라고 하는 것이다. 내용인 즉 호텔에서부터 우리를 추적했고 갈 때는 자기들의 경찰차로 데려다 준다는 것이다. 알고 보니 콩쿠르 귀빈으로 초청받았기 때문에 비밀경찰KGB이 처음부터 우리를 보호(?)하기 위해 뒤따랐으며 혹시 불순분자와 접촉할까 봐 감시 대상이 되었던 것이다.

싸이렌 소리를 내며 호텔까지 바래다준 그들이 고맙긴 했지만 밥 한 공기 먹으러 나왔다가 무섭다는 러시아 경찰에게 붙잡힐 뻔한 경험이었다. 그 후 소련 체제가 붕괴된 후인 1995년 페테르부르그에서 열리는 Prokofiev 콩쿠르 심사 때와 2003년 Moscow Philharmonic Orchestra와 협연 때에는 두 도시의 아름다움을 마음껏 관람할 수 있었고 또 음식도 먹고 싶은 것은 실컷 먹을 수 있었다.

일화 둘

대개 국제 콩쿠르는 아침부터 저녁까지 일정이 꽉 짜여 있어 대부분 심사위원들은 함께 시간을 보내야 한다. 그 과정에서 힘들

위 사진은 2003년 멕시코 콩쿠르에서 조르주 산도로(왼쪽에서 세 번째)와 함께한
사진이고, 아래 사진은 모스크바 필 오케스트라와 연주 전 리허설 장면이다.

었던 기억 하나를 기록하고 싶다. Prokofiev 국제 콩쿠르에서의 일이다. 초대된 심사위원들의 특별 연주회가 끝나고 저녁 식사와 더불어 칵테일이 나왔다. 주최자는 모든 심사위원들에게 작은 술 잔을 하나씩 배정하곤 무엇인가를 가득 채우더니 'one shot'으로 마시라는 것이다. 나는 무엇인지도 모르고 따라 마셨는데 그것이 바로 러시아 술 보드카였다. 소주도 못 마시는 사람이 보드카를 마셨으니 조금 있으니까 주위 사방이 모두 빙빙 돌아가는 것 아 닌가. 보조원들이 내 방으로 안내해주어 겨우 살아난 적이 있다.

일화 셋

어느 나라를 가든 그 나라의 문화가 있고 그들이 좋아하는 음 식이 있다. 스페인에서 있었던 콩쿠르 심사 때의 이야기다. 이들 의 점심 시간은 세 시간이나 이어지는 것이 보통이다. 시간도 시 간이지만 음식도 끝없이 나와 먹다 보면 배가 불러 그 자리에 앉 아 있기에도 힘들 지경이 된다. 몸이 무거운 상태라 피곤에 졸음 만 쏟아지는데, 점심을 다 먹었으니 이제 다시 들어가 본격적으 로 심사를 하잔다. 그날의 심사는 매우 영양이 많은 심사(?)였음 은 분명했다.

내가 이러한 에피소드를 늘어놓는 이유는 심사위원도 같은 사 람이라는 점을 강조하고 싶어서이다. 콩쿠르에 참가하는 출연자의 입장에서 보면 심사위원은 마치 저승사자처럼 느껴지는 것이 당연하다. 심사위원은 피도 눈물도 없이 냉철하고 조금의 빈틈도 허용하지 않을 것 같아 보여도 그 내면에는 인간적인 면을 가진 예술인이라는 사실을 잊어서는 안 된다.

내가 제일 처음 심사위원으로 초대받은 국제 콩쿠르는 1980년 The World Piano Competition전에는 Cincinnati International Piano Competition이었다. 처음이라 잘해야 된다는 마음이 앞서 많이 긴장되었다. 무대에는 콩쿠르 참가자들의 국기가 계양되어 있었는데 태극기가 자랑스러웠다. 콩쿠르마다 심사 방법은 다르기 마련이지만 여기서는 심사위원의 견해, 지적 사항 내지 문제점을 정확히 써서 제출해야 했으며 심사 평가의 이유가 분명히 기술되어야 했다.

참가자 중에는 한국인 피아니스트들도 있었다. 나는 그들의 연주를 들으면서 감격에 겨워 눈시울이 뜨거워지기도 했다. 한 가지 아쉬움을 느꼈던 점은 무대에 선 한국인 참가자들이 연주자로서의 자신감이 부족했다는 것이다. 왜 좀 더 대담하지 못할까? 나는 이렇게 이해한다. 남을 의식하며 사는 한국 사회, 또 남을 인정하지 않으려는 고질화된 습관, 또는 모순감, 무엇이든 일등을 강요당하는 부담감, 문화적인 경험과 수양의 부족으로 푸대접 받는 정신적 스트레스 등 당연히 이 모든 점이 한국 연주자들의 심리적 초조감을 더욱 악화시켰다고 생각한다.

그러나 나는 어디까지나 대한민국 국민의 한 사람으로서 한국인 참가자들이 콩쿠르에 오기까지 겪었을 어려움과 환경을 이겨낸 고집과 노력, 또 정신적 부담을 함께 느낄 수 있었으며, 몰래 눈물을 흘릴 때도 많았다. 달려가 껴안아주고 싶은 충동도 있었으나 심사위원으로서 냉정한 자세를 지켜야만 했다. 이 같은 심정은 어느 다른 콩쿠르에서도 마찬가지이다.

당시 많은 한국 학생을 기르고 해외에 진출시킨 나로서는 별로 놀라울 것이 없었지만 아주 가끔 천재성을 갖추고 있어 나와 함께 호흡할 수 있는 연주자를 발견했을 때 그 감동이란 말할 수 없었다. 아마 이것이 지금까지 30년 넘게 특별한 연주자를 찾는 작업을 진행하고 〈가원상〉을 제정하게 된 동기가 되지 않았나한다.

국제 콩쿠르는 국내 콩쿠르와는 여러 면에서 다르다. 3, 4, 5, 6차례나 되는 경선 과정의 관문을 통과해야만 된다. 대개 시대별로 주어진 연주할 곡의 리스트와 결선에서의 오케스트라 협연이 있다. 7~11명 이상의 심사위원을 초대하는 경우도 있는데, 이것은 심사의 공정성뿐만 아니라 교육적인 측면에서도 좋은 제도라고 생각된다.

어느 콩쿠르에서나 심사위원들 중 일부는 학교로 돌아가 다시 공부해야 할 사람이 있다. 자기 모국에서는 유명 대학교 교수라 심사위원으로 초대되었지만 자격이 안 된다고 생각되는 이들은 스스로 물러서면 얼마나 좋을까. 세상 모든 일들이 그렇게 뜻대로 좋게만 될 수는 없는 모양이다.

특히 남의 연주만을 듣고 이해 없이 맹목적으로 모방하고, 그 모방을 다시 학생들에게 지도한다면 이 얼마나 불쌍한 상황인가. 이 기회에 고백한다면 우리나라에도 모방이 극도로 만연되어 있다는 점이다. 더 큰 문제는 이것을 아무런 양심의 가책도 없이 그대로 사용하는 것이 용인되는 것이다. 지도자들은 한 번쯤 생각해볼 문제이다.

심사의 주안점은 처음 몇 소절을 듣고도 곧 알 수 있는 연주자의 주관성이다. 옳은 주관성에는 심사위원들이 마치 자석에 끌리듯이 그의 연주에 귀를 기울일 수밖에 없으며 뜨겁게 호흡을 같이 하게 된다. 이 과정에서 1~2명의 최상급 연주자가 선택되곤 한다. 심사위원들이 또 주시하는 것은 무대 매너이지만 주관성을 훌륭히 보여준 연주자에게 결국에는 영예를 안겨줄 수밖에 없다. 그러므로 콩쿠르를 준비하는 참가자는 자신만의 주관성을 높일 수 있도록 최선을 다해야 할 것이다.

심사 과정은 가끔 이상할 정도로 분위기가 냉랭한 순간들이 많지만 어떤 때는 너무나 노골적인 자기 표현 내지 평가를 드러내는 바람에 거슬릴 때도 있다. 그런가 하면 지루한 passage가 이어지거나 혹은 연주가 좋지 않을 경우에 피로로 졸고 있는 심사위원도 있다. 그럴 수도 있는 것이 매일 저녁 많은 음식물을 섭취하고 거기에 늦게까지 즐거운 대화 시간을 갖고 나면 아침 일찍 다시 시작되는 2차, 3차, semi-final은 참가자의 연주 능력에 따라 흥미를 잃을 수도 있기 마련이다. 그러므로 심사위원을 졸게 만드는 연주자가 되어서는 안 된다.

채점은 10점 만점, 아니면 25점 만점 또는 다른 방식으로 하는데 대개 10점 만점제를 채택한다. 우선 불가능하다고 생각되는 경연자는 나중에 혼동이 되지 않도록 최하위 점수를 주게 된다. 반대로 가능성이 다분한 경연자에게는 최고에 가까운 점수를 주고 무엇이 그토록 좋은 점수를 받을 수 있었는지를 옆에 반드시 기록해 둔다. 문제는 중간 그룹에 들어가는 경연자들의 채점이다. 나의 채점 방식은 더 세밀해 진다. 만약 전체 등수의 차이로 인해(예를 들면 1등이 없는 경우, 2등도 주기에 아쉬운 정도의 경연자의 수준 등) 동점에서 우승권에 들어갈 수 있는지, 어떤 분야에서 이 경연자가 점수를 취득할 가능성이 있는지 없는지를 정확히 기록을 해둔다. 심사위원으로서 이것은 매우 중요한 데 뛰어난 경연자가 없고 비슷비슷한 수준의 경연자가 많을 때 꼭 필요한 분별력 있는 채점 방식이 되기 때문이다.

심사위원들마다 의견이 약간 다를 수 있으나, 국제 콩쿠르에 초대된 수준의 심사위원들이라 대부분의 채점 결과는 예상했던 대로 나오기 마련이다. 물론 1~2명의 이상한 채점도 가끔 보는데 이것은 어디까지나 그 심사위원의 주관일 수도 또는 고의적인 무언가가 있을 수도 있다.

성적순으로 1등과 2등의 차이가 없는 동점이 나올 때도 있다. 이런 경우 두 명에게 모두 1등을 주자는 의견이 앞서는데, 그래도 누구의 이름을 앞에 놓느냐는 문제가 생긴다. 이럴 경우 또다시 2명을 상대로 순위를 정하기 위해 다시 투표하여 결정한다. 1등과 다음 2, 3, 4순위의 평가 점수가 너무 많은 차이가 있을 경우, 이 때에도 역시 재투표를 하여 2, 3등 자리를 비우고 4등에 2명을 주는 경우도 생긴다.

모든 심사위원들의 공통점 하나는 작품의 이해와 표현의 완성도, 본인의 뚜렷한 주관성, 천부적인 음악성 등에 우선 관심을 갖는다는 것이다. 경연자의 입장에서 꼭 알아야 될 점이 있다. 본인의 연주가 본인 자신의 느낌과 표현에서 나오는 진지한 음악이 아니라면 이것은 상대에게 들으라고 요구할 아무런 근거가 없다는 것이다. 아무리 제스추어나 모션을 쓰며 애를 써도 그 음들이 심사위원에게 아무런 의미를 전달하지 못함을 분명히 알려준다. 청중들이 함께 느끼고 울고 웃게 할 수 있는 연주자만이 진정한 연주자로 살아남을 수 있는 것이다. 음악 연주자는 전달자라고 한다. 무엇인가 꼭 전달해주어야겠고, 그 전달을 받은 청중이 곧 화답해준다는 것을 기억하기 바란다.

문화가 상이한 다른 나라에 가서 봉착할 수 있는 여러 어려움을 감안할 때, 외국에서 온 경연자들에게는 핸디캡이 될 수밖에 없다. 그곳에서 가급적 빨리 익숙해지는 것도 필수적이다. 콩쿠르 당일에 명심해야 할 것 중 하나는 마음가짐을 넓게 하여 이 경연 이외에도 또 기회가 있다는 것을 상기하고 실패하더라도 다음 콩쿠르에 대비한다는 여유로운 태도를 갖는 것이다.

오랜 세월 동안 많은 국제 콩쿠르를 심사해온 경험에 비추어 경연 참가자들에게 특별히 하고 싶은 말이 있다. 작품에 대한 이해를 많이 키우고 즐거운 마음으로 음악과 더불어 생활하는 예비 훈련이 필요하다는 것을 명심하기 바란다.

글을 마치며

훌륭한 음악인이 탄생하는 과정에는 수많은 이들의 노력과 희생이 따른다. 연주자의 재능을 발견할 때까지 그 길을 열어준 스승들이 있었을 것이며 물심양면으로 뒷바라지해주신 부모, 선의의 경쟁을 벌이며 함께한 동료들⋯⋯. 청중들이 보내는 박수도 어떻게 보면 무대 위의 연주자만을 위한 것이 아니고 이들 모두를 위한 갈채임을 알게 되었다.

무대 위의 주인공으로, 또 오랜 교육자의 삶을 거쳐 지금까지 내 음악 인생을 관철해온 고독과 음악 사랑을 더 짙게, 더 깊게 터득하면서 나의 음악 철학 이야기가 만들어져 나올 수 있었음을 고백한다.

앞으로 이 이야기가 후배 음악인들이 세계 무대의 주역으로 서는 데 도움이 되기를 바란다. 또한 한 사람의 주인공을 탄생시키기까지 곁에서 묵묵히 노력하고 희생하는 모든 음악 가족에게도 위로와 응원이 되었으면 한다.

마지막으로 건반 위에 호야꽃을 피울 수 있도록 곁에 함께 있어준 내 가족에게 감사한다.

가원嘉元 한옥수 교수 프로필

피아니스트 한옥수가 세계에 알려진 것은 뉴욕의 에릭 시몬 매니지 먼트의 연주가로서 연주 활동을 시작하면서부터이다.

1964년 American Korean Foundation 후원으로 카네기 홀에서의 성공적인 데뷔와 함께 곧 세계 연주 계약을 맺고 유럽 대륙의 네덜란드, 서독, 오스트리아, 영국에서의 독주회와 미국 및 캐나다에서의 계속적인 순회 연주로서 '천부적인 음악적 표현을 갖춘 연주가'로 인정받았다. 독주회 외에도 영국 BBC, 뉴욕의 WQXR 방송을 통한 연주는 국내에도 알려져 한국 음악인의 세계 무대 진출의 기폭제가 되었으며 한국 정부로부터 1967년에는 문화훈장을 받기에 이르렀다.

1938년 서울에서 태어난 한옥수 교수는 만 6세 때 Bayer80번을 무대에서 연주할 정도로 어릴 때부터 음악적 재능을 인정받았다. 이는 일제 강점기 당시 한국인으로서는 매우 드문 일이었다.

1960년 이화여대를 수석으로 졸업하고 도미 전에 이미 국내에서 KBS 협연, 서울시향과의 연주, 신인음악회 등을 통해 화려한 연주 경력을 쌓은 바 있다. 1962년 신시내티 콘서버토리에서 석사 학위를 받은 후 계속해서 줄리어드의 스토이어만, 고로니츠키, 카보스 교수 등 당대의 명교수에게 사사한 경험은 피아노 교육자로서 오늘의 한옥수 교수가 되게 한 밑거름이 되었다.

1967년부터 1972년 완전 귀국할 때까지 롱아일랜드대학의 교수로서 봉직했으며 귀국 후에는 모교인 이화여대 출강을 비롯해서 경희대를 거쳐 단국대에서 2003년 정년을 맞았다.

한옥수 교수의 피아노 교수법은 한 교수의 스승이며 오랜 친구이기도 한 르빈 교수가 극찬한 것처럼 학생의 음악적 재질을 일찍이 파악해 그 개성에 따른 음악인으로 꽃피우는 것이다. 특출한 제자를 한국 및 국제 무대에 수많이 배출한 공로로 1982년에는 〈월간 음악상〉을 수상했으며 뉴욕 피아노 교수협회 초청으로 연주 및 강연을 뉴욕 캐미홀에서 가진 바 있다.

특기할 것은 한옥수 교수의 국제 무대에서의 활동이다. 신시내티 국제 피아노 콩쿠르의 심사위원으로서 한국지부를 책임지고 있으며 1989년에는 스페인의 히로나 콩쿠르에서 마스터 클래스와 심사위원으로 활약한 것을 시작으로 차이콥스키 국제 콩쿠르, 프로코피에프 국제 콩쿠르에 초청 귀빈 또는 심사위원으로 초대되었다.

　한옥수 교수는 한마디로 연주 능력과 교수 능력을 겸비한 음악인이다. 롱아일랜드대학교 재직 중 급거 귀국하게 되어 한국의 음악도들을 가르치게 된다. 한 교수는 음악적 천재성이 잠재되어 있는 한국 영재들을 수없이 발굴하였고, 이들을 음악의 본고장 선진국에 유학시켜 본격적인 교육을 받을 수 있게 하는 데 노력하였다. 수많은 제자를 세계 각국으로 진출시켜 부소니, 쇼팽, 핏츠버그, 신시내티, 줄리어드 등 국제 콩쿠르에 입상시켰으며 태평양을 잇는 이 같은 공로로 한미 수교 100주년이 되는 1982년에 미국의 William Penn 대학으로부터 명예 음악 박사 학위를 수여받았다. 그리고, 같은 해에 〈가원문화회〉를 결성하게 된다.

　가원문화회는 한국 음악 교육의 국제화를 위한 많은 음악 행사를 주최하게 된다. 특히 음악도들이 유학을 가지 않고도 외국 교육의 진면모를 경험할 수 있도록 미국 Juilliard Prep의 Carlson, Fusky, Svetlanova, Mikowsky 교수 등을 한국에 초청하여 그들의 마스터 클래스를 통해 한국 영재의 외국 진출 기회 확대에 전념하였다.
　한옥수 교수는 한국 최초로 세계 유수의 피아노 콩쿠르의 심사위원으로 초청된 경험을 통해 한국에서도 세계적인 피아노 콩쿠르가 개최되어야 함을 절실히 느끼고 이의 준비를 위해 1994년 〈가원문화회〉

를 '(사단법인)가원국제음악문화회'로 발전시킨다.

　(사)가원국제음악문화회의 첫 사업으로 한국 최초의 국제 피아노 콩쿠르인 '한 · 로만손 국제 피아노 콩쿠르'를 1995년 서울에서 성공적으로 개최하였다. 이것은 한국 음악사에 길이 남을 기록이 되었고 이후 가원상Gawon Award으로 이어져 지금도 세계적인 피아니스트를 배출하는 국제 피아노 콩쿠르로 명성을 떨치고 있다.